1

Dieses Buch entstand mit der
Unterstützung der Fakultät für Linguistik und
Literaturwissenschaft und dem Zentrum für
Ästhetik der Universität Bielefeld.

gorillaverlag.com

APART À LA CARTE

Schnurren und Grotesken

Serviert von Lutz Graner

APART À LA CARTE

Erste Auflage, 2025

ISBN 978-3-9816897-7-8

Herausgeber: Dr. Lutz Graner

Karma +1:

Wir nutzen ausschließlich recyceltes Papier für unsere Produkte.

Karma +2:

Ein kleiner Teil unserer Einnahmen geht an Laboraffen in Rente auf dem Gut Aiderbichl in Österreich.

gut-aiderbichl.com

Coverillustration: Tamara Tegethoff

Gruß aus der Küche

Vorwort

Apart – sagt das Online-Wörterbuch – ist etwas, das „aufgrund einer Eigenart, eines besonderen Reizes“ wegen auffällt. Etwas sei „in ausgefallener, ungewöhnlicher Weise ansprechend“, sagt das Analog-Wörterbuch.

Damit sind die in diesem Band versammelten Texte schon ganz gut umrissen. In *Apart* klingt zugleich die *Abart* an: „vom Durchschnitt, vom Mainstream abweichend“.

Dabei hätte die vorliegende Anthologie auch SAG WAS heißen können. Denn **SAG WAS** (**S**kurril, **A**bsurd, **G**rotesk, **W**underlich, **A**lbern, **S**chräg) war der Titel eines Literaturwettbewerbs, der im Winter 2023/24 im Rahmen eines Praxisseminars des Studienfachs Literaturwissenschaft an der Universität Bielefeld erfunden wurde.

„Düster dürfen die Texte sein, bösartig, zynisch und schrill.“ Hieß es im Ausschreibungstext. „Aber auch die leisen Seltsamkeiten, die schrägen Drolligkeiten und unaufgeregten Abstrusitäten“ wurden willkommen geheißen. „Ob dabei eine Figur, die Handlung, die erzählte Welt, die Sprache, die Struktur oder alles zugleich aus dem Rahmen fällt, ist ganz egal.“

Etwa 200 Texte aus Deutschland, Österreich und der Schweiz landeten im Teilnahmepostfach. Es durften alle Gattungen bedient und 1 bis 3 Texte eingereicht werden. (Die Gesamt-Zeichenzahl war auf 9.999 begrenzt. Und das ist wichtig. Denn wer sich über den Beitrag „Ich halte mich an Regeln“ wundert, darf gerne nachzählen: Er besteht sympathisch impertinenter Weise aus 10.000 Zeichen!) Die Altersgrenze (33 Jahre) brachte dem Wettbewerbs-Team übrigens einige schriftliche Beschwerden ein (Sorry, aber irgendwie musste die Zahl der Einreichungen nun einmal halbwegs überschaubar bleiben).

Die Seminargruppe (und damit auch die Jury) war herrlich zusammengewürfelt: jüngere, mittlere und ältere Herr- und Frauschaften, Viel- und Wenig-Lesende, Literatur- und Nicht-Literaturwissenschaft-Treibende ... Sie alle durften über die drei Hauptpreise entscheiden. (Spannend: Beim Gewinnertext waren sich alle sehr schnell einig. Platz zwei und drei dagegen wurden aus einer mittellangen Liste hoch und runter diskutiert.) Die vorliegende Auswahl präsentiert neben dem Preisträger und den beiden Preisträgerinnen (*Na? Wer das wohl war? – Und: Wie hätten SIE entschieden?*) diejenigen Texte, die bei den (einem bis allen) Beteiligten hoch und höher im Kurs standen, warum auch immer. Zudem das eine oder andere Sondervotum des Herausgebers oder der Verlegerin.
Kredenzt wird mit dem vorliegenden Band also höchst abwechslungsreiche, aber nicht immer einfache Kost. Es gibt die sympathischen Skurrilitäten, die spannenden Plots und die feinen Ideen. Es gibt aber auch die Orientierungslosigkeit, das Nicht-Verstehen, was überhaupt passiert – und trotzdem gut (formuliert) finden.
Nun also. Bleibt nur zu wünschen: Mögen sie munden, die auserwählten Spezialitäten von Lemmelbrötchen bis Schokoladenbrunnen – und den Lesehunger stillen (oder Lust auf Nachschlag machen)!

Guten APARTIT wünscht
Lutz Graner

P.S.: Verlag und Herausgeber grüßen und danken u.a.: Annika Bruns, Simon Bussieweke, Anke von Legat, Valon Prelvukaj, Nele Spielberg.

ME

Amuse Bouche

Exquisite Texthappen mit Empfehlung der Küche

Savoureux Aperitif

Kleines Extra zum Aufwärmen

Sorbet Glacé

Ein spritziges Potpourri aus Prosa und Lyrik

NÜ

Buffet Froid

Kalte Leseschmankerl für den Gaumen

Patisserie

Pain Perdu zum Abgang vom Menü

Einfälle zum Dessert

Simon Bethge

[04:16:12]

„Bereit?"

An der Tür des Apartments hängt ein Blech-Churchill im Maßstab 1:6, aus dessen Mund eine Sprechblase mit seinem dritt-, vielleicht viertbekanntesten Zitat – Jakob ist sich da nicht ganz sicher – quillt: *If you're going through hell, keep going*.

„Warte." Madeleine wischt ihm ein paar Putzkrümel von der Schulter. „So, jetzt." Und drückt Jakobs Hand, die genauso schweißnass ist wie ihre eigene. Ein Beben geht durch den Turm, kurz geraten sie aus dem Gleichgewicht, Winston schwingt und scheppert.

Jakob betätigt die Klingel. Die Frau, die einen Augenblick später öffnet, riecht schwach nach Mariniertem.

„Hey, ihr zwei!“

„Hallo, Klara.“

„Wie schön! Kommt, kommt rein. Habt ihr gut hergefunden, ja?“

Weil das meiste, an dem sie vorbeiradelten, in Flammen stand und es überdies August war, begann Jakob bald zu schwitzen. Er überlegte, hinter Madeleine zurückzufallen, den Smoking loszuwerden und sich einem der Menschenknäuel anzuschließen, die da zu zweit, zu dritt oder sechst durch die Straßen fickten – wohlgemerkt nur durch jene, in denen das Feuer noch nicht diesen kräftigen Grünton angenommen hatte –, und deren vielstimmige Lust den Luftschutzsirenen Konkurrenz machte.

Zuerst wird Madeleine auf beide Wangen geküsst, dann öffnen sich Klaras Arme für ihn. Feierlich drückt Jakob ihr die Tasche mit dem Rotwein in die Hand: „Valpolicella."

„Ihr hättet doch nicht", sagt Klara hineinsehend, zieht eine komplementäre Schnute und setzt neu an. „Lieb von euch, okay? Danke."

Sie führt ihn ins Wohnzimmer, wo Madeleine bereits in den elektrischen Kamin starrt – neben sich ein Mädchen, höchstens vier, das seinerseits ganz gefesselt ist vom Anblick; die Eltern, Typ Einzelhandelserb*innen, nippen daneben Aperitifs.

„Solarzellen", nimmt Klara die Frage routiniert vorweg, „Solarzellen und für alle Fälle ein Generator im Keller." Jakob scherzt, dass sie schon befürchtet hätten, Pizza überm Campingkocher schmelzen zu müssen.

„Pizza, klar. Vor allem heute, als Henkers-", aber Klara zügelt sich. Setzt ein Lächeln auf und klatscht in die Hände. „Tarek!", ruft sie. „Tarek!"

Wie aufs Zeichen geht die Toilettenspülung. Den Mann, der erscheint – Sakko grau, Hemdkragen offen, Haare schwindend – stellt sie als Historiker vor: Steiger, Dr. phil.

„Autor eigentlich“, korrigiert dieser beim Handschlag mit Jakob, „nur die Plots sind historisch.“

„Angenehm.“ Ein Beben geht durch den Turm, durch die Begrüßung; der Kamin stolpert und fängt sich wieder.

„Willst du nicht dekantieren?“ In Madeleines Blick fleht es ein wenig. „Bevor er zu warm wird, Klara, weißt du?“

„Wir hätten auch Lust auf ein Schlückchen“, melden sich die Erb*innen.

„Aber dass wir Judith was übriglassen, sie wird sicher gleich ... also, vielleicht decken die Jungs schon einmal, und Maddy und ich machen den ... Geschirr ist in der Anrichte.“

[03:40:06]

„Nicht übel.“ Steiger schmeckt dem Wein nach. „Vor allem zu der Pasta. Venetien, sagten Sie?“

Die Fahrräder lehnten sie an die eingedrückte Front des Getränkeladens. Durch ein Loch im Mauerwerk konnte Jakob Salims quer über den

Tresen gestreckten Körper erkennen und, bei genauem Hinsehen, sogar die rauen Nesseln, die zaghaft aus seiner Ohrmuschel tasteten. Er durchquerte die Ruine, watete durch Cola und Calvados und kehrte schließlich mit einer Flasche Amarone zurück.

„Aus einem Tal bei Verona. Kennen Sie die Gegend?"
„Aus der Schulzeit, Abschlussreise in der Elften. Später wieder zu Recherchezwecken. Ich schrieb damals über den Rückzugsbegriff in Alain Horowitz' *Les Anxieux*." Steiger blinzelt heftig. „Einfach wunderschön."
„Leider nie gelesen." Nora – so hat sich die Mutter des Mädchens, Pi, und Ehefrau des, tatsächlich, Boutiquenbetreibers Ernst, inzwischen vorgestellt – klingt wie jemand, der die Welt teilt in Kaffeetischtaugliches und den ganzen Rest.
„Nicht nie gelesen, nie *gesehen*. Es ist ein Stück."
Madeleines Handy, aus Gewohnheit neben den Teller gelegt, meldet sich. Das Gespräch versiegt. Alle Augen auf sie.

„Bloß eine Katastrophenwarnung. Die überschlagen sich grade."

Sie zeigt das Telefon herum, damit alle die in Kapitälchen verfassten, automatisch versendeten Nachrichten lesen können, die das Display ausfüllen. Verständiges Murmeln.

„Entschuldigung", steckt sie es weg, „ihr wart bei?"

Aber Jakob schüttelt den Kopf.

„Nächste Woche wäre unser Jahrestag." Klaras Mund kräuselt sich. Das Kerzenlicht konturiert ihre Aknenarben, winzige Krater, die durchs Rouge schimmern. „Erinnert ihr euch, wie Judith", sie schwenkt ihr Glas in Richtung des leergebliebenen Stuhls, „darauf bestand, dass Cake die Ringe trägt? Wie er sich angestellt hat, als wir versucht haben, ihm das Kissen auf den Rücken zu binden? Das Klettband hat sich die ganze Zeit im Fell verfangen. Der kleine Scheißer, kleiner ..."

Sie fährt sich übers Gesicht, steht auf. „Jemand Lust auf Crème bavaroise?" Und schnieft. „Sie ist wahrscheinlich schon wieder flüssig, aber ich hab heute Nachmittag –"

„Los, ich helf dir“, bietet Jakob an, während die Rauchfront vor dem Fenster immer schwärzer wird. Steiger beugt sich zu Ernst und fragt, ob Cake nicht dieser Chow-Chow gewesen sei.

[03:00:24]
Ein Beben geht durch den Turm, durch das Spiel.
„Jakob ist dran!“, ruft Klara glitzernden Auges und winkt nach dem Wodka.
„Okay, okay. Also – ich bin eine reale Person, weiblich, tot, keine Politikerin, keine Schauspielerin, nach dem Zweiten Weltkrieg geboren ... keine Deutsche. Soweit richtig?“
„Und keine Amerikanerin.“
„Gut, und keine Amerikanerin. War ich reich?“
Madeleine schaut in die Runde, bevor sie antwortet: „Schon.“
„Geht’s noch vager?“
„Nur Ja- oder Nein-Fragen“, feixt Nora. Da fängt Pi plötzlich an zu weinen; womöglich sind ihr die krummfleckigen Gestalten unten auf der Straße aufgefallen, oder der Himmel hat wieder geblinzelt. Ernst nimmt sie hoch, streicht ihr übers Haar, trägt sie in die Küche.

Jakob überlegt. „Britisch?"

„Ja."

Pause.

„Lady Di?"

„Na bitte!" Madeleine gibt ihm einen Kuss, die anderen applaudieren, während Jakob die Karte von seiner Stirn klaubt: „Hätte ich eigentlich drauf kommen müssen."

„Wie wär's mit einer Runde *Ich hab noch nie?*", fragt jemand.

„Wohl eher *Ich werde nicht mehr*", kommt es zurück.

Lachen. Schweigen. Dann geht der Wodka um.

[02:39:57]

„Sag mal, Madeleine", Jakob sieht sich um, „was hältst du davon, wenn wir uns kurz ... verdrücken, hm? Im Film –"

„Du und deine scheiß Filme."

„Ich mein ja nur."

„Hast du Schutz dabei?"

„Jetzt?"

„Also nein."

„Schwanger wirst du kaum werden."

Die Architektin hatte ihnen damals einen unverbindlichen Pastellton empfohlen, damit sich das Haus besser in die ‚urbane Romantik' einfüge, für die das Viertel bekannt sei – doch im Schein der Efeuranken, die sich trotz Trockeneisbehandlung über die Zeit in die Ritzen gegraben hatten und nun luntengleich die Fassade entlang abbrannten, wirkte sie rot, schlicht und satt. Im Herbst wären es sieben Jahre geworden, die sie dahinter gewohnt hätten, gedacht und gekämpft; drei davon ohne Schulden, alle ohne Kinder.

„Ha, ha. Aber im Ernst, ich hab keinen Bock, dass in meinen letzten Stunden dein Urschleim in mir rumsuppt."

„Schon gut, schon gut. Ich mein ja nur."

„Eben. Du meinst."

„Hab dich nicht so. Bitte. Pretty please?" Und weil sie schweigt: „Mit dem Mund wäre auch voll –"

„Jetzt hol dir halt im Bad einen runter! Na, da, Weg kennste."

[02:02:10]

Irgendwer hat eine alte Box Tabu gefunden, doch gerade, als Ernst *Tiger* darstellen will, kratzt es an der Tür, langsam und vielfingrig. Weil Nora am nächsten zur Diele sitzt, steht sie auf und hält ein Auge an den Spion. Keucht. Die anderen erheben sich, lassen das Spiel Spiel sein. Klara will auch durch die Tür schauen, aber Nora stellt sich zwischen sie und das Holz. „Nicht."

„Wieso?"

„Weil – einfach weil. Komm, lass uns –"

„Judith?"

Nora zögert, in den Augenwinkeln warten Tränen. „Sie ist ... ist nicht ... komm, Klara, bitte."

Aber sie wird zur Seite geschoben. Eben legt sich Klaras Hand auf die Klinke, da reicht Steiger ihr von hinten noch ein Parmesanmesser, „für alle Fälle". Drei auffällig stille Minuten bleibt Klara draußen. Bei der Rückkehr ist ihr Dekolleté zerrissen, das Messer fehlt.

[01:21:20]

Jakob und Ernst stehen am Wohnzimmerfenster, teilen sich eine Zigarette und schauen zu, wie sich ein Nachbarhaus nach und nach in seine Worte zerlegt. Fließend falten sich Fenster, Türen und Klinkersteine auf ihre inhärenten Begriffe zurück, bis hinter der Buchstabenfront die Bewohner sichtbar werden; von den Füßen aufwärts zerlettern auch sie, ihre Beine werden B E I N E, die Lungen L U N G E N – und dort, wo ihr Gehirn liegen sollte, ist die Luft schwarz tapeziert mit S C H M E R Z.

„Warum", wendet Jakob sich ab, „warum habt ihr Pi eigentlich mitgenommen? Hieß es nicht, Kinder hätten einen Platz im Bunker sicher?"

„Genau. Der. Und wenn's dann ungemütlich wird, wenn das Dosenfleisch ausgeht, sind die Kleinen zuerst dran." Ernst schüttelt den Kopf. „Nein, dann lieber hier, mit uns." Er zeigt Jakob die Hartkapseln in seiner Brusttasche. „Schnell, warm ... und hey, so hatte sie immerhin noch was von Klaras Bayerischer Creme. Die ist legendär."

[00:49:55]
Löffeln.
Warten.
Ins Feuer sehen.
Ins Ende sehen.

[00:17:44]
„... jüngstes Werk, *Über die Libido eines Vulkans,* soll nächstes Frühjahr im Kölner Messerschmidt-Verlag erscheinen. Es versammelt Fragmente und Kurzprosa aus meiner Passauer Zeit, die Literaturhistoriker ..."

Jakob hämmert an die Badezimmertür. „Steiger! Steiger – kommen Sie, Mann, reißen Sie sich zusammen! Uns geht es doch nicht anders."

Auf der anderen Seite ein Schrei, kehlig, lang und nichts als ein Schrei, dann setzt das Mantra wieder ein: „... *Aufstrebender Verfolger*, Klabauter Verlag Zweitausendzwei ... *Der gewagte Mann*, Klabauter Verlag Zweitausendfünf, Shortlist des Alexei-Jürgens-Preises ... *Hermeneutik eines Verdachts*, Oblong und Scavi Zweitausend-" – der Rest geht im Lärm verloren, als draußen etwas Großes einschlägt.

[00:15:17]
Steiger, Dr. phil., springt. Auf halbem Weg zum Boden wird er von einem Schwan aus der Luft gepflückt, groß wie eine Cessna, und dorthin getragen, wo Jakob den Fernsehturm vermutet, also Süden sein muss, indes sich die Erb*innenfamilie im Schlafzimmer eingeschlossen hat.

[00:02:37]
„Maddy, Jakob – danke. Danke, dass ihr hier seid."
Die Köpfe aneinander und den Rest von sich gestreckt, liegen sie auf dem Teppich, während das Kribbeln in ihren Nasen langsam abebbt. Der Kamin ist aus, durchs geborstene Fenster dringen Qualm und Glockengeläut; Jakob spielt mit einer Haarsträhne. „Die Creme ist dir wirklich gelungen."
Klara schmunzelt. „Ja, dafür hatte ich irgendwie ein Händchen. Kaltspeisen, Desserts ..." Sie macht eine ‚Und-so-weiter'-Geste.
„Was, glaubt ihr, kommt jetzt?", fragt Madeleine mittenrein.

„Ich hätte noch Brie da."

„Ich glaube, Dunkelheit." Jakob kaut am Nagel.

„Spaßverderber."

„Komm, möglich ist es."

„Egal, was", seufzt Klara, „ich hoffe, Judith ist da."

Madeleine hat Tränen in den Augen. „Oh Liebes, aber natürlich." Sie findet Klaras Hand und streicht sanft darüber. Die oberen Stockwerke des Hauses gegenüber brechen weg, dahinter beginnt es silbern zu glimmen. Jakob sagt, Tom Waits habe er schon immer gern gehört.

Groß, größer

Hannah Brutschin

Wir waren vierzehn und zwölf Jahre alt, als unsere Mutter plötzlich von Tag zu Tag wuchs. Ihr Gesicht aufgebläht, ihr Hals quoll aus dem Kragen. Zuerst lachten wir über ihre neue Form, über die Art, wie ihr Bauch sich wie das Wasser eines Teichs kringelte, wenn wir sie mit unseren Zeigefingern anstupsten.

Dann wurde sie plötzlich leichter, sie schwebte mehr, als dass sie ging, durch die schmalen Flure unseres Hauses. Irgendwann konnte sie sich nicht mehr fortbewegen, ohne dass wir sie immer und immer wieder durch die Türrahmen quetschten. Manchmal blieb ihr T-Shirt an einer Türklinke hängen und sie schwebte dort, bis wir aus der Schule kamen, um sie zu befreien. Wir beschlossen, dass wir nicht mehr zur Schule gehen konnten.

Mutter hätte bestimmt etwas einzuwenden gehabt, wenn sie denn noch hätte sprechen können. Aber sie blubberte nur noch. Von ihrem Gesichtsausdruck, der dauererstaunt war, konnten wir beim besten Willen nichts mehr ablesen. Nach vier Wochen mussten wir Mutter in den Stall umsiedeln. Wir hatten ihr ein Seil um den Fuß gebunden, damit wir sie auf einigermaßen direktem Weg über das Feld ziehen konnten. Sonst schwebte sie nach links und rechts, egal, wie sehr wir protestierten. Wir kleideten die Stalldecke mit Stroh aus, damit sich Mutter nicht den Kopf stieß, wenn sie wieder einmal zu hoch schwebte. Wir hörten manchmal, wenn wir das Küchenfenster offen hatten, wie sie gegen die Stalltüre knallte, also mussten wir diese mit einem dicken Bolzen verstärken. Wir dachten, jetzt, da Mutter ja nichts mehr essen und trinken konnte, würde sie aufhören zu wachsen, aber dem war nicht so.

Es war immer schwieriger geworden, sie zu verstecken. Der Lehrer Nowak kam nun fast jeden Tag zum Hof und verlangte unsere Mutter zu sehen. Wir sagten, sie trieb gerade die Kühe zur Alp (wir hatten keine Kühe und es gab keine Alp), oder sie sei früh am Morgen losgefahren, um Besorgungen zu machen. Wenn Lehrer Nowak das Poltern aus dem Stall hörte, erzählten wir ihm von dem wilden Stier, den Mutter da eingesperrt hätte, und dass man das Tor auf keinen Fall öffnen sollte. Wir lösten die Aufgaben, die der Lehrer mitbrachte, immer pflichtbewusst. Manchmal blieb er noch einige Stunden und sah uns dabei zu, verwundert, dass unsere Mutter noch immer nicht zurück war. Wir mussten ihn manchmal regelrecht abschütteln. Einmal sagte einer von uns, dass er Mutter nackt zur Hintertür hineinkommen sah und imitierte ihre Stimme.

Daraufhin machte sich der Lehrer Nowak schnell aus dem Staub. Früher hatten wir einmal selbst Lehrer werden wollen, aber das hatten wir aufgegeben. Wo sollte dann Mutter hingehen? Eines

Tages gingen wir aus dem Haus und sahen, dass Mutters Kopf durch die Stalldecke gebrochen war. Sie war nun zu groß für das Gebäude. Wir flochten aus Hanf ein Seil, dicker als unsere Oberschenkel und banden sie an einen starken Baum. Sie war nicht mehr als unsere Mutter identifizierbar, sie wirkte von weitem schon fast wie eine dunkle Regenwolke, deshalb hatten wir nicht wirklich Angst, dass jemand herausfinden würde, um was es sich hier handelte.

Nun schirmte sie aber die Sonne ab und es wuchs nichts mehr auf den Feldern, sowohl auf unseren als auch auf denen der anderen Dorfbewohnerinnen. Der Lehrer Nowak kam wieder vorbei, er schielte misstrauisch auf unsere Wolke. Es war einige Tage später, da kamen die Dorfbewohnerinnen und wollten, dass wir die Wolke loswürden. Sie drohten damit, den Baum abzuhacken, an dem sie hing. Eine hatte ihr Jagdgewehr mitgebracht und feuerte die darin vorhandenen Kugeln in die Höhe. Da knickten wir ein und banden die Wolke los. Zuerst schwebte sie noch ein bisschen an ihrer

Stelle, dann ergriff sie wohl eine Luftströmung. Sie segelte langsam in den Himmel und wurde zum ersten Mal seit Jahren kleiner, kleiner, kleiner.

Bis zum Meer

Frieda von Meding

Jedes Jahr im Sommer fahren wir mit unserem Vater gen Norden, um die Tanten zu besuchen:
Irmgard, Gesa, Mechtild, Trude, Hilma und Leonore.

Irmgard bewohnt ein flaches Backsteinhaus in Lübeck. Wir spielen Türenknallen, während sie am Wasserkocher flüstert. Zu Mittag gibt es Heidekartoffeln, Steckrüben und Kompott. Wir sitzen schweigend, alle Augen glänzen. Zum Abschied schenkt sie uns Nagelbürsten in Form kleiner Lokomotiven, meine ist gelb und pfeift leise.

Gesa hat ihre Wohnung auf einem Pferdehof in Bienenbüttel mit Teppichen und Pfandflaschen dekoriert. In der Küche stellt sie angriffslustige Fragen und serviert Sirup, während ihre Windhunde im Flur über uns lachen. Im Garten laufen uralte Ponys, die wir für Riesenschnauzer halten, bis sie zu wiehern beginnen.

Mechtild lebt in einem Heim in Hemmoor, wo nicht auffällt, dass sie bleibt, aber zumindest, wenn sie geht. Wir bringen Bilder und Ketten aus blauen Glasperlen. Auf einem Balkon spielen wir Quartett, sie kennt die Pferdestärken aller Autos und vergisst nach jeder Runde, wer wir sind. Wenn sie zu singen beginnt, stimmen wir ein und ver-lassen rückwärtsgehend das Zimmer.

Trude sitzt im Garten eines Klosters bei Bad Bevensen, trägt graue Röcke und bewundert die Hortensien. Seit hundert Jahren ernährt sie sich von Butterkuchen und eingemachtem Rhabarber. Sie erzählt vom Wetter früher und wie sie in den Kreuzgängen Fahrradfahren gelernt hat. Wir sind unsicher, ob sie mit uns spricht oder den Schildkröten zu ihren Füßen.

Hilma empört sich auf einem Ohrensessel thronend über zu vielen und zu wenigen Besuch. Sie trägt graue Sakkos, eine strähnige Prinz-Eisenherz-Frisur und raucht rosa Zigaretten. Bevor wir ihr Bungalow in Elmshorn verlassen, kontrolliert ein massiger Dalmatiner, ob wir Silberlöffel in die Taschen unserer Cordhosen gesteckt haben.

Leonore ist sehr fein und spricht so leise, dass wir nicht hören können, was sie sagt. Stattdessen schütteln wir Hände, die uns niemand reicht, antworten auf Fragen, die keiner stellt und wiederholen dreifach im Chor die Worte: nein, danke. Nach der vierten Kanne Tee rennen wir die Treppen des Fachwerkhauses in Kaltenkirchen hinunter.

Während der Autofahrt hören wir Kassetten, in die Pause zwischen zwei Seiten sagt der Vater:

Wenn ich sehr lange eine gerade Schnellstraße entlangfahre, stelle ich mir vor, das Auto würde an einem Brückenpfeiler zerschellen und wir wie die Möwen über die Elbe fliegen bis zum Meer.

Morgenroutine

Frieda von Meding

A verlässt die Dusche, greift ein Handtuch, das von einem hervorstehenden Nagel an der Wand hängt, hüllt sich darin ein, zieht den Duschvorhang zu, tritt vor das Waschbecken.

Der Duschvorhang blickt A nach.

A greift Zahnbürste und Zahnpasta im Zahnputzbecher, probiert die Tube mit der linken Hand auszuquetschen. Ein rosa Wurm Zahncreme lugt aus der Öffnung hervor, A probiert blitzschnell mit der Zahnbürste in der Rechten das Köpfchen abzutrennen.

Der Duschvorhang grinst.

A legt die Zahnbürste auf dem Waschbeckenrand ab, versucht mit den Daumen beider Hände vom

Tubenpfalz abwärts Druck auf die Zahnpasta auszuüben, der Tubenhals berührt die Bürste, sie wackelt, fällt zu Boden.

Der Duschvorhang lächelt breit, zeigt seine Zähne.

A nimmt die Zahnbürste zwischen die Knie, umschließt die Zahnpasta mit beiden Händen, drückt einen Klecks Creme auf die Bürste, das Handtuch löst sich, fällt zu Boden.

Der Duschvorhang lacht stumm auf, verschluckt sich, ringt nach Luft.

A blickt auf die Dusche, stellt sich vor den Vorhang, zieht ihn mit einer abrupten Geste zurück, blickt ins Leere, schließt den Vorhang, tritt wieder vor das Waschbecken.

Der Duschvorhang blickt unter halb verschlossenen Augenlidern hervor.

A betrachtet im Spiegel über dem Waschbecken den Duschvorhang oder sich oder den Duschvorhang misstrauisch, beginnt Zähne zu putzen, wirft nochmals einen prüfenden Blick auf das Spiegelbild, spuckt rosa Schaum aus, spült mit Wasser nach, säubert die Zahnbürste, nimmt das am Boden liegende Handtuch auf, um sich abzutrocknen.

Der Duschvorhang blinzelt.

A hängt das Handtuch an den Nagel, nimmt eine Creme zur Hand, öffnet sie, gibt große Mengen davon auf beide Handflächen, beginnt sich einzuschmieren: Schlüsselbeine, Zehenzwischenräume, Pobacken, Bauchnabel, Ellbogen, Ohrläppchen, Nasenlöcher, Scheitel.

Der Duschvorhang beobachtet A jetzt wieder mit großen Augen.

Mit dem rechten Arm von oben und dem Linken von unten probiert A die Schulterblätter einzuschmieren, versucht es andersrum, macht kreisende Bewegungen, betrachtet den Rücken im Spiegel, verschließt die Creme, verlässt das Badezimmer.

Der Duschvorhang zieht die Augenbrauen hoch, schaut fragend ins Publikum.

Nach einem kurzen Moment kehrt A zurück, nimmt die Creme zur Hand und schmeißt sie mit voller Wucht Richtung Dusche. Der rote Samtvorhang fällt aus seiner Halterung und in sich zusammen.

Kleiner hamses nicht?

Frieda von Meding

als zwei in eins
fliegen die jetzt auch nach
mallorca
auf vierspurigen autobahnen
weil sie wer sind
und wir?
// eine kiste fauler kartoffeln //
wie heisst deutschland mit vollem namen?
das volk
und das rührei bitte
mit schinkenspeck oder natur?
kann ich es ohne speck haben bitte
in dem fall natur
// the future but in the past //
können sie mir das
klein machen?
nein
ich bin nur im
getränkerewe
pfand abgeben und
// nach zärtlichkeit schreien im luftleeren raum* //

KLEINER HAMSES NICHT?

hast du gesehen
die klatschen
in der kirche
rené oder thomas die immer noch
bonuspunkte sammeln
in flensburg
// einen schritt vor und zwei zurück //
pappelpollen
und salat schleudern sie
hüben und drüben
kann ich vielleicht ne tüte haben?
kostet zwanzig cent
so nächste bitte

* helga königsdorf

Zauberspruch

Friedrich Kainer-Hager

Schattenläufer, Rosmarin,
Rumpelstilzchen, Ephedrin,
Aniswurz und Rübezahl,
Gewaltverbrechen, eines
Unvorstellbaren Gewaltverbrechens bist du fähig
und
Weißt es nur nicht

Rübezahl und Rattenzahn,
Rotpunktpilz und Grübeldrahn,
Prottenherzog, Blasewitz,
Gewaltverbrechen, eines
Unvorstellbaren Gewaltverbrechens bist du fähig
und
Weißt es nur nicht

ZAUBERSPRUCH

Blasewitzchen, Brotzenkruf,
Tröntefahben, Keemeblut,
Lemmelbrötchen, Rase-, Rase-, Rase-,
Gewaltverbrechen, ich sage es dir zum dritten Mal,
Vielleicht kapierst du es ja jetzt endlich, eines
Unvorstellbaren Gewaltverbrechens bist du fähig und
Weißt es nur nicht

Ichwollte, Schonaufhören,
Mitdem, Gedichtschreiben,
Aberhöre, Mirgutzu,
Gewaltverbrechen, unter den richtigen Umständen
Bist du zu EINEM SOLCHEN Gewaltverbrechen fähig,
Dass ich die Form des Gedichtes aufgebe, um dich zu
warnen
Vor dir selbst.

Amundsen

David Wöstmann

Sie hob ihren Kopf von seiner Brust.

Vermutlich sah sie ihn an. „Fühlst du dich unwohl?“

Er hörte sie kaum. Er konzentrierte sich ganz auf das Zittern unter seiner Haut, dieses Vibrieren genau zwischen Brustbein und Nabel, so als stecke dort ein Stück schwingenden Stahls. Wieder spannte er seinen Bauch an und hoffte, dass der Druck seiner Muskeln den Stahl zum Stillstand bringen würde, doch es half nichts. Das Zittern arbeitete sich in seine Brust und seine Beine vor. Sein Herz raste. Er versuchte, gleichmäßig zu atmen, doch je länger er darüber nachdachte, desto unnatürlicher schien ihm jeder weitere Atemzug.

„Du bist so verkrampft. Ist es dir zu viel? Soll ich doch gehen?“

Es war dunkel im Zimmer, ab und an strich der Scheinwerfer eines Autos über die Wand. Er hob seinen Kopf leicht vom Kissen und sah in ihr Gesicht. Sie sah ihn wirklich an, mehr konnte er nicht erkennen. „Nein, bitte. Bleib hier.“

Sie legte ihren Kopf wieder auf seine Brust und drückte sich an ihn. „Dein Herz rast.“

An seiner Seite fühlte er den ruhigen Schlag ihres Herzens, aber nur schwach, wie aus der Ferne oder aus tiefen Wassern zu ihm gedrungen.

Er musste an Amundsen denken, den Blick immer nach Süden und jeder Schritt unbeirrbar darauf zu, an die Kälte, an all die Hunde, die er gefressen hatte, daran, wie er nach Monaten endlich den Südpol erreichte.

Jetzt stand er da und schaute in alle Richtungen, um ihn nichts als Weiß, er musste die Augen zusammenkneifen trotz der Brille, selbst der wolkenlose Himmel war hier eine einzige blendende Fläche, die mit dem endlosen Schnee verschmolz.

Kein Wind ging, die Kälte drang direkt aus dem Boden in seine Beine und von dort durch die Adern schnell in die Brust. Er wusste nicht, wie lange er schon so stand. Als es in seinen Augen zu stechen begann und er seine Füße schon nicht mehr spürte, machte er einen Schritt nach vorn, und die Welt begann sich zu drehen. Ihm wurde flau im Magen. Verzweifelt drehte er sich um, sah seinen Oberkörper hinauf, an seinen Füßen vorbei, zu dem kleinen Punkt festgetretenen Schnees, auf dem er gerade noch gestanden hatte, konnte ihn in all dem Weiß aber nicht mehr erkennen und übergab sich noch auf der Stelle. Kein Stein, kein Pfahl, keine Flagge, nur ein klumpiger brauner Brei halbverdauten Fleisches. Für wenige Sekunden stieg Dampf auf, tausende deutlich zu erkennende Tropfen bildeten geisterhafte Wirbel, dann sackten sie erstarrt zurück auf den Pol. Der Brei breitete sich einige Zentimeter glänzend in alle Richtungen aus, wurde dann rasch von der Mitte her stumpf und weiß und erfror.

„Ich habe nur an Amundsen gedacht." Sein Atem war so flach, dass er kaum sprechen konnte.

„An Amundsen?"

„Der erste Mensch am Südpol."

„Weiß ich doch. Ich meine: Was hat das mit deinem Herzrasen zu tun?"
Er drehte seinen Kopf aus ihrem Blick und schaute zur Decke. Er atmete tief ein. Seine Arme zitterten und in seinem Bauch drehte es sich. Die Finger ihrer rechten Hand legten sich um seinen linken Arm; sie waren warm und weich und ihr Daumen strich sanft über seine kalte Haut. Seine Muskeln lockerten sich etwas, hinter seinen Augen spürte er ein leichtes Stechen.
„Wenn du am Südpol stehst, also direkt drauf, dann gibt es keine Richtungen mehr. Nur noch Norden. Am Nordpol natürlich das Gleiche. Das finde ich Wahnsinn."
„Du bist ja ein richtiger Philosoph."
„Jaja, ich weiß. Mach dich ruhig lustig."
Ihr Daumen strich hin und her.
„Woran denkst du jetzt?"
„An deinen Daumen."
Sie sagte nichts. Ihr Daumen wurde noch langsamer und zog kleine Kreise. Er versuchte, nur an diese Kreise zu denken, an ihre Stimme, an das Klopfen ihres Herzens an seiner Seite, doch das

alles ging unter in den anwachsenden Ausschlägen des Stahls in seinem Inneren.

„Kann ich dich halten?“, fragte er.

„Du hältst mich doch schon.“

„Fester, meine ich. Ich möchte dich fester halten.“

Sie schwieg und schob sich an ihm hoch, bis sie ganz auf ihm lag, Brust an Brust und ihr Kopf direkt neben ihm. Er umfasste sie mit beiden Armen. Jetzt spürte er die ruhigen und kräftigen Schläge ihres Herzens direkt auf seiner Haut.

Sein Gesicht lag in ihrem Haar, er roch Shampoo und darunter ihren Körper. Ihr Atem strich heiß an seinem Hals entlang und das Gewicht ihres Körpers drückte das Zittern in ihm langsam nieder. Er presste sie fester an sich und konzentrierte sich auf den immer wiederkehrenden Druck auf seiner Brust. Ihm wurde warm und er begann zu schwitzen, doch er hielt sie so eng er konnte und ließ nicht los.

Er atmete ein und aus, seine Lunge entspannte sich, seine Haut wurde weich, ihr Fleisch gab nach wie warmes Wachs, dann schmolzen sie unter dem Druck der Umarmung davon, vermengten sich und

bildeten an den Rändern ihrer Körper fleischige Wülste. Hinter diesen Wülsten lagen ihre Rippen sich direkt gegenüber, öffneten sich mit einem deutlichen Knacken entlang des Brustbeins, griffen ineinander und schlossen sich um die zwei feucht schimmernden Herzen, die nun in ihrem Inneren nebeneinander schlugen. Muskelfasern und Adern wuchsen als winzige Härchen aus ihnen hervor, tasteten sich aneinander voran und schwollen langsam zu dicken Ranken an, die ihre Herzen umschlossen und sich verwoben, bis beide zu einem unförmigen, glänzend roten Muskel verwuchsen, der in gewaltigen Schlägen das Blut durch das Gewirr der Adern pumpte und von dort wieder zurück.
Sie küsste seine Wange. „Besser so?"
Ganz klar spürte er da seine Brust und wo sie endete, seine Haut und ihre und fest und deutlich wie aus Eis den leeren Raum dazwischen. Er strich ihr Haar zurück und küsste ihr Ohr, nickte leicht und strich dabei mit seiner Wange über ihre.
Er legte seinen Kopf auf das Kissen und schaute in die Schatten über ihm. Ein Scheinwerfer strich durch das Zimmer und kurz war alles scharf umris-

sen, dann war der Scheinwerfer weg und das Zimmer wieder dunkel. Nur in der Mitte seines Sichtfeldes blieb ein heller Fleck zurück, der sich von dort zu allen Seiten ausbreitete, größer wurde und milchiger, der erst ihre Stimme schluckte, dann den Druck ihres Körpers und die Berührung ihres Daumens, der alles schluckte, bis nur noch Weiß um ihn war und in ihm der Stahl und von irgendwo, weit aus der Ferne ein ruhiges, kräftiges Pochen, das immer schwächer wurde, dumpf und rauschend und dann, ganz zuletzt, verschmolz mit dem endlosen Schnee.

Sünde

Dagmar Coelle

Eine bucklige Gestalt huschte durch das Zwielicht, den Rücken gekrümmt und die dreckverkrusteten Pranken vor dem Körper verschlossen, als würde sie etwas Kostbares transportieren. Erstaunlich flink für ihr grobes Aussehen wand sie sich zwischen Bäumen und Sträuchern hindurch, auf eine rostige Tür zu.

Ha, und grob war auch ihr Atem! Wäre die Gestalt stehen geblieben und hätte sich das Kraut am Boden besehen, wäre dieses unter ihrem fauligen Odor widerstandslos eingegangen.

Die Gestalt erreichte die Tür und hielt inne. Sie krümmte sich noch ein wenig mehr und sah nach links, dann nach rechts, wieder nach links, erneut nach rechts. Mit einem letzten Blick nach links öffnete sie die Tür einen Spalt und zwängte sich hindurch. Sie folgte den glitschigen, moosbewachsenen Stufen hinab bis in einen dämmrigen Raum. Der schwache Schein mehrerer Kerzen und Öllampen züngelte die Wände empor und in dem flackernden Licht waren die Umrisse von Objekten verschiedener Größe zu erkennen. Schrumpelige, glatte, lange, runde, manche mit einem, andere mit mehreren Beinen, mit Augen, mit Kerben, Narben, in Schalen gehüllt oder mit Haut überzogen, krause, blättrige, matschige, Köpfe, Röschen, Knollen, Wurzeln. Ein vielstimmiges Wimmern erfüllte den Raum, unterbrochen durch gelegentliche Schreie, schwere Seufzer, hohles Röcheln. Hin und wieder ergänzte ein akzentuiertes Husten, ein inniges Würgen oder ein mitleiderregendes Rufen die Kakophonie. Die Gestalt stand aufgerichtet in der Mitte des Raumes, mit geschlossenen Augen emporblickend und sog die leiderfüllte Symphonie in sich auf. Sie ergötzte sich an dem beerigen, blumigen, erdigen, fauligen, gärenden, modrigen, schimmeligen, zitrusartigen Geruch, der die Kammer erfüllte. Dann öffnete sie langsam, vorsichtig ihre Hände und beugte sich über ihren neuesten Schatz. Eine Avocado lag dort verloren auf den schmutzgefüllten Spalten ledriger Haut, mühsam aufgezüchtet in einem fernen Land, in schweißtreibender Liebe genährt, mit mühsam erspartem, abgespartem, gestohlenem Wasser gewachsen, dann abgetrennt vom Mutterbaum und auf langer Fahrt durch Luft und Wind und Wetter, über staubige, verpestete Straßen bis zu einem Laden gebracht, dessen mit Chemikalien überzogener Boden und plastikgespickte Regale Sauberkeit vorgaukelten. Die Reise hatte Spuren hinterlassen und eine kleine Delle war der Avocado zum Verhängnis geworden. Herzlos hatte man sie weggeworfen.

Dort, umgeben von angeknacksten Eiern, abgelaufenem Speck, zermatschten Gurken und doch einsam, verloren, hatte unser buckliger Gefährte die Avocado gefunden, sie zärtlich emporgehoben und entführt, und in diese Schatzkammer aufgegebenen Obsts und Gemüses gebracht. Der Bucklige hob die Avocado auf Augenhöhe an und sah sich sorgfältig um. Zwischen einem zu dünnen Lauch und einer Kartoffel, die aus mehreren zusammengewachsenen Knollen bestand, drückte er die Avocado sanft mit der Handfläche an den für sie auserkorenen Platz und platzierte mit Daumen und Zeigefinger einen Nagel vor sie. Dann hob er einen Hammer, holte aus und

NA-
GEL-
TE

die Avocado fest. Weiches, grünes Fruchtfleisch spritze und die Kartoffel zuckte getroffen zusammen. Es dauerte einen Moment, bis die Hammerschläge verhallt waren. Die wimmernde Sonate war ebenfalls verstummt, dann startete sie erneut in die Stille hinein, erweitert durch die frischen Schmerzensschreie der Avocado, deren Schale nun in Fetzen an ihr herunterhing. Der Mensch hing ganz dicht, Auge an Kern, vor der Avocado und lauschte ihrer leiderfüllten Ballade.

Sein Mund öffnete sich, sein Atem verschlug der Avocado fast die Stimme und langsam streckte der Bucklige seine Zunge nach dem verlockenden, leuchtend grünen und braun gesprenkelten, frisch freigelegten Fruchtfleisch der Avocado aus. Im letzten Moment hielt er sich zurück. Nein, es war noch nicht Zeit. Heute war nicht der Tag. Er wandte sich ab und sah sich in seiner Schatzkammer um. Da hing eine Banane, mit braunen Flecken übersät. Liebkosend fuhr der Bucklige mit seinem Zeigefinger darüber, sein langer Fingernagel entlockte der Banane ein leises Kreischen. Am Ende angekommen, drückte er zu, aber nur leicht, ganz leicht, so dass gerade eben etwas des matschigen Inneren nach außen drang. Süßlicher, fast alkoholischer Geruch umspielte die Nase des Buckligen und ließ ihn wohlig seufzen. Aber nein, auch hierfür war es noch zu früh. Er schritt weiter die Wände ab. Auch diese schrumpelige Zitrone mit dem erregenden Quieken sollte noch etwas dableiben. Er kam zu einer Möhre mit mehreren Wurzeln, zwei davon verschränkt wie bei einer Tänzerin. Einer fetten, erdbefleckten Ballerina, mit Ritzen und Falten in der Haut und Haaren, die aus den Beinen ragten, grünem Unkraut auf dem Haupt, eine wilde, ungezähmte Mähne, zottelig, herrlich. Der Bucklige stellte sich daneben, überkreuzte die Beine und räkelte die Arme in der Luft, in dem Versuch, die Eleganz der Möhrentänzerin nachzuahmen. Er säuselte vor sich hin, mal zu der Möhre, mal zu sich selber, mal zu einem unsichtbaren Gott. Eines Tages, wenn es draußen heiß war und man nur in einer Schicht des eigenen Schweißes durch die Luft waten konnte, würde er sie in einen fetten Eintopf tanzen lassen. Oder vielleicht in ein feines Süppchen. Das brodelnde Wasser würde sie umspielen und zu Drehungen und Sprüngen treiben.

Der Dampf, gesättigt mit aromatischem, erdigem Duft würde den Raum erfüllen und er würde ihn über sich hinwegziehen lassen und spüren, wie er seine Schweißdrüsen belegte und sich mit dem salzigen Film vermischte. Und dann würde er einen Löffel in den Topf tauchen, zu ungeduldig, um erst eine Schüssel zu bemühen, und davon kosten. Die Vitamine und Nährstoffe und Ballaststoffe würden seine Kehle hinunterrinnen und herrlicher Möhrengeschmack nicht nur seine Nase, sondern auch seine Zunge, seinen Gaumen und seinen Rachen erfüllen. Er würde die Welt da draußen vergessen, die die Möhre als unbrauchbar markiert und sich ihrer entledigt hatte. Er wusste, die Tür würde dichthalten und kein noch so kleines Geräusch und kein noch so schwaches Lüftchen seines Vergnügens würde nach draußen dringen und alles, was dort so hochehrwürdig lebte, zu Verurteilungen und Missbilligung anregen. Doch dieser Tag war nicht heute.

Weiter zog der Bucklige durch seine Kammer, bis er schließlich bei *ihr* ankam. Sie war ein perfektes Abbild ihrer Art, ein Prachtstück, das seinesgleichen suchte und jeden Zweifel an dem Anspruch anderer ihrer Art auf den Titel der Früchte unter den Früchten vernichtete. Ihre Schale war glatt, wie poliertes Holz schimmerte sie in dem flackernden Licht. Rot und gelb zogen sich leuchtende Farben darüber, der Stiel ragte in perfekter Länge aus ihr heraus und hielt ein einziges Blatt wie einen kecken Sonnenschirm über die Frucht. Sie war weder zu groß noch zu klein, weder zu rund noch zu eiförmig, sie hatte keine Druckstelle, keine einzige runzlige Falte oder noch so kleine Warze. Sie war die Königin unter den Götterfrüchten. Und weil ein Baum nicht in großem Stil Königinnen produzieren konnte, kümmerte sich niemand darum, ihn zu hegen und zu pflegen, im

Frühjahr seine Äste in Form zu halten, im Sommer seinen Stamm gegen die Brombeeren zu verteidigen und im Herbst das Laub zu rechen. Und dann die reifsten der Früchte zu ernten, eine nach der anderen, mit vorsichtigem Griff die Exemplare abzutrennen, die bereitwillig den Ort verließen, an dem sie ihr kurzes Leben verbracht hatten. So war diese Apfelsorte in Vergessenheit geraten, mit Ausnahme einiger weniger, von Allergien geplagter Menschen vielleicht und es hatte den Buckligen viel Zeit und Geduld gekostet, eine Vertreterin ihrer Art ausfindig zu machen. Seither zierte sie auf einem Ehrenplatz seine Höhle von Kostbarkeiten und zog ihn mit ihrem eleganten Duft, welchen sie großzügig verströmte, jedes Mal aufs Neue in seinen Bann. An diesem Tag war ihr Charme noch stärker als sonst, unwiderstehlich, er betrachtete sie, befühlte sie, roch sie und konnte sich ihrer nicht entziehen, seine Nase nicht abwenden, seine Finger nicht bei sich behalten. Selbst seine Zunge fand ihren Weg bis an die glatte, marmorne Schale, wanderte daran hinauf und hinab. Schmeckte die Vorboten der Süße und der Säure, die in perfekter

Harmonie darunter lagen, die nur darauf warteten, freigesetzt zu werden und sich in einer saftigen Flut zu ergießen. Aromatisch. Betörend. Prallvoll mit Genuss und Kraft, die jede Krankheit vertreiben konnte, mit Energie, die zu spenden sie bereit war. Die nur darauf wartete. Die zu spenden bereit war. Saftige Fluten, perfekte Harmonien. Die leidensschwere Symphonie, die durch den Raum zog und der der Bucklige vergessen hatte zu lauschen, drang wieder in seine Ohren. Nur diesmal trug sie ihn nicht auf ihren melodischen Wellen umher, sondern zog ihn wie einen Strudel hin zu dem Apfel. Apfelstrudel. Alles um ihn schrie und alles in ihm schrie nach dieser Königin, dieser Gottheit. Er gab den Widerstand auf. Er ließ sich treiben, er trieb zu ihr, er trieb seine Zähne in sie hinein, sie trieb ihren Saft durch ihn hindurch, in seine Adern, in die hintersten Winkel seiner Glieder. Er fühlte ihre Lebenskraft in sich einsickern, ein Teil von ihm werden. Fühlte ihren Fruchtsaft an seinem Mundwinkel hinuntergleiten und auf sein fleckiges Shirt tropfen. Er sog, er zermalmte, er nahm noch einen Bissen. Apfelstückchen flogen aus seinem Mund und spritzen gegen Wände, gegen Rettich und Kohl, Orangen und Tomaten, während er immer schneller, immer süchtiger den Apfel verschlang. Sünde. War das Sünde?

SÜNDE

Die Mandarine

Bianca Weißinger

Man muss gut auf die weißen Stellen achtgeben. Nicht selten sind sie sehr klein und nur sichtbar, wenn man der Oberfläche mit dem Auge sehr nahekommt, wenn man sie direkt vor die Pupille hält, sodass man jedes einzelne Löchlein zählen kann. Eine Stelle auf der grobporigen Haut, nicht größer als eine Viertelfingerkuppe, ein Fleck wie diese blassen Stellen, die entstehen, wenn die Sonne die Hautpigmente zerstört hat. Es ist gut, genau hinzuschauen, aber man muss auch darauf achten, wie es sich anfühlt, man muss beide Hände anlegen und sich mit den Daumen kreisförmig vorarbeiten. Man legt die Mandarine (eine runde, nur die ganz runden darf man nehmen) auf die Innenseiten von je vier Fingern und beginnt am obersten Punkt. Hier platziert man die Daumen und startet die erste Umrundung. Je tiefer die Daumen ansetzen, desto mehr nimmt der zu sondierende Kreis an Umfang zu. Auf mittlerer Höhe ist die Ausdehnung am größten. Es ist wichtig, trotzdem Geduld zu haben. Man muss die Daumen Stück für Stück voranschieben, um Millimeter für Millimeter abzutasten, ein Neunzig-Grad-Bogen pro Daumen, der rechte gegen den, der linke im Uhrzeigersinn. Haben sich die Daumen getroffen, benötigen sie die dreifache Zeit, um hundertachtzig Grad in die jeweils andere Richtung zu rutschen und danach wieder neunzig Grad in die Gegenrichtung. So wird jeder einzelne Punkt nicht nur einmal, sondern doppelt geprüft. Dann die Mandarine umdrehen und dasselbe noch einmal von oben bis zur Querachse. Achte darauf, ob sich eine Stelle weich anfühlt. Die Haut muss glatt sein und sich im Licht des Supermarktes spiegeln, sie muss weich sein, aber nicht zu sehr, sie muss prall sein, voll, gesund, saftig, geschmeidig, sauber, vor allem sauber, nicht angeschmuddelt, angetatscht, nicht erschlafft, nachgiebig. Pass auf, manchmal muss der Daumen verifizieren, was das Auge nicht sieht. Da kann dieses klitzekleine Fleckchen sein, es ist orange und wirkt gesund, es ist nicht weiß, nicht einmal weißlich. Du darfst dich nicht täuschen lassen. Übe sanften Druck aus. Lässt sich die Stelle tiefer eindrücken als gewöhnlich? Leg sie weg. Es kann eine harmlose Druckstelle sein, die sich einfach mit einem sauberen, abgekochten Messer entfernen lässt. Aber du kannst dir nicht sicher sein. Es könnte der erste Punkt sein, an dem eine unter der Schale gärende Fäulnis versucht, die Außenwand zu durchbrechen. Wenn du die Schale dann abziehst, siehst du das kariöse, warm miefende Innere, die faulige, alles verfaulende Masse. Die Fäulnis kriecht nicht, windet sich nicht wie ein gefährliches Tier durch den Körper, wuchert nicht in ihm, schlägt keine Wurzeln. Sie durchsetzt nicht, sie zersetzt. Sie wird, sie ist das verwandelte Fleisch und sie tötet als ihr eigenes Todesopfer. So frisst sich dieses zusammengepantschte, verrottende Leben immer weiter von Segment zu Segment, penetriert jedes Häutchen, jeden

Saftschlauch, infiziert die frische, süße Flüssigkeit mit der Krankheit, krank zu machen. Irgendwann beginnen die Fasern der inneren Schale, die das Fruchtfleisch wie ein Netz überziehen, durchzufaulen. Von da an dauert es nicht mehr lange, bis sich der ganze siechende Körper nach außen kehrt. Die weiche Stelle ist das erste Zeichen dieser Metamorphose, dann der bleiche Fleck und schließlich ein Fleckenteppich von Schimmel, der in exponentiellem Wachstum die äußere Schale besetzt. Es erinnert an das Weiß einer abtauenden Schneedecke, in die sich, sooft Stiefel über den halb verschneiten Rasen stapfen, braune und grüne Flecken mischen. Man sollte nie mehr als eine Mandarine kaufen. Machst du nur einen einzigen Fehler bei der Überprüfung einer einzigen Mandarine und legst sie unter die gesunden, dann überwächst sie der Schimmel eine nach der anderen wie Flechten die Zäune.

Sie hält die Mandarine in den Händen. Sie hat sie von allen Seiten betastet, umstrichen, hat an ihr gerochen und nichts gerochen, weder Mandarine noch etwas anderes, nichts, der beste Geruch. Und doch ist da auf der glänzenden Schale exakt in der Mitte der Unterseite eine nachgiebige Stelle, der letzte Punkt, der geprüft wurde und der einzige, der nicht bestanden hat. Irgendetwas aber sagt ihr, dass darunter keine Fäulnis lauert. Ihr Daumen fährt über die Stelle, wieder und wieder, vor und zurück. Du würdest es sehen. Sie drückt. Du würdest es riechen. Sie drückt. Du kannst dir nicht sicher sein. Die Mandarine rollt von einer Hand in die andere. Sie schaut in das Obstgitter. Man könnte eine andere prüfen, es liegen noch zwei im Regal. Aber es ist spät, es wird schon dunkel, es ist verdammt kalt draußen und es wird immer kälter. Wie lange bist du schon hier drin? Das ist krank. Nimm sie oder geh. Dann geh halt. Geh einfach. Die Mandarine beginnt sich zu drehen, schneller und schneller, ein verschwommener Ball zwischen den Fingerspitzen. Mit einem Ruck dreht sie sich um, reißt eine Plastiktüte von der Rolle, legt die Mandarine hinein und geht mit schnellen Schritten zur Kasse. Zwölf Leute vor ihr. Ihr Herz schlägt stärker. Sie muss das jetzt bezahlen. Das dauert viel zu lange. Der Einkaufswagen des Mannes vor ihr ist bis zum Erbrechen vollgestopft: Karotten, mit Erdresten verkrustet, unter einer pinken Tüte pinker, klebriger Gummis, Gorgonzola, Vollmilch, Bananen, überreif, braun gesprenkelt, dunkelgelb, sie werden so süß, wenn sie verwesen. Noch zehn Leute. Ihre rechte Hand umschließt die Mandarine in der Tüte. Sie spürt es unter der dünnen Plastikschicht. Sie greift in die Tüte. Sie nimmt sie in die Hand. Sie tastet danach. Eine Druckstelle. Eine Quetschung bei der Lieferung. Sie drückt. Oder ein Fingerdruck. Sie drückt. Von einer fremden Hand. Einem fremden Finger. Sie spürt die Übelkeit, doch noch ist sie nicht da. Sie ist wie modriges Wasser, sammelt sich in der Bauchhöhle, doch steigt nicht bis zum Hals. Es ist alles unter Kontrolle. Sie stellt sich eine Hand vor, eine Hand, die nicht ihre eigene ist. Die Hand nimmt ihre Mandarine aus dem Regal, ein kurzer Druck, ob sie schon matscht, dann ein Griff nach einer größeren, saftigeren. Die Hand legt ihre Mandarine in die Kiste zurück. Auf dem linken Mittelfinger der Hand, einer rosaroten Hand, sitzt, blass und pfützenhaft wie eine Amöbe, ein Fleck.

Ihr wird übel: Das ist *seine* Hand. Sie lässt die Mandarine in die Tüte fallen wie ein heißes Stück Kohle, knotet die Henkel zu und schlingt sie um ihr Handgelenk. Sie kneift die Augen zu, fünfmal das rechte und fünfmal das linke, doch zu spät.

Schon ist er da. Er im Cordmantel vor dem Schultor, lachend, die Arme geöffnet. Er mit Messer und Gabel, wie er das Hähnchen in den Mund schiebt, kaut und lächelt zu den Geräuschen des Fernsehers, während die Dämmerung in das Wohnzimmer zieht. Er auf dem jadegrünen Sofa, die nackten Beine hochgelegt, eine Zigarette in der schlaffen Hand. Er an der Wand im dunklen Treppengang, sein Schweigen, als sie langsam vorbeigeht. Er auf dem Stuhl im Kinderzimmer, wartend, unsichtbar, während sie einschläft, nur das feine Glühen der Zigarette und der Blick in seinen Augen, wenn das Feuerzeug aufleuchtet. Ihr Herz rast. Er kann die Mandarine nicht berührt haben. Er wohnt in einer anderen Stadt. Warum sollte er hier einkaufen, gerade hier, gerade heute? Er ist also hier gewesen, ja? Heute, in diesem Supermarkt, kurz vor dir? Er hat von allen Mandarinen gerade deine angefasst, ja? Das ist krank. Noch fünf Leute. Sie reibt die Hände, als wollte sie sie einseifen, langsam, damit die Leute nicht schauen, erhöht dann aber den Druck, bis sie ihre Nägel spürt. Sie sieht, wie sich helle Flecken auf ihren Fingern ausbreiten, wie sie überall aufblühen wie bleiche Sumpfblüten nach einem warmen Regen. Hättest du die Mandarine nur nicht angefasst. Durch das Tütenplastik beobachtet sie, wie der weiße Pilz über ihre Mandarine kriecht, bis auf jeder Stelle, auf der ihre Finger lagen, ein pelziger Belag wächst. Sie denkt an die verbliebenen Mandarinen im Regal, denkt an die Stellen, an denen ihre Mandarine sie berührt hat. Sie sieht die Leute, die sie noch berühren werden, sieht, wie der Pilz über ihre Hände wuchert.

Das Kassenfließband rollt abrupt nach vorne. Hinter ihr räuspert sich ein Mann. Sie tritt aus der Schlange, hastet zurück zum Obstregal, reißt eine neue Tüte von der Rolle, stopft die zwei übrigen Mandarinen hinein und die alte Mandarine mitsamt der Tüte, knotet alles fest zu, stellt sich erneut in die Schlange, wartet und bezahlt. Als sie nach draußen tritt, ist der Himmel dunkelblau angelaufen und die grünen Papageien (wer weiß, wie sie in die Stadt gekommen sind), sind unruhige Schemen in den Ästen der Platanen. Schon seit Tagen veranstalten sie ohne erkennbaren Grund ein unsägliches Geschrei, als ginge es ihnen jeden Moment an den Kragen. Sie wirft die Tüte mit den Mandarinen in den Mülleimer.

Rost, zwischendurch

David Kienzler

Sie fiel. Zwischen Daumen und Zeigefinger geklemmt gewesen und dann herausgerutscht. Er hatte sie nicht halten können. Sie rutschte. Und jetzt fiel sie. Weil er sie nicht halten konnte, fiel sie. Menschen warteten. Auf ihn? Warteten sie auf ihn? Sie standen auf der anderen Straßenseite. Sie warteten. Er hatte sie in den Händen gehalten. Daran erinnerte er sich. Vor einem Augenblick. Sozusagen jetzt. Er hatte nicht damit gerechnet. An manchen Fingern klebten Stärke. Und Zucker. In anderen Fingern hielt er das unversehrte Fruchtfleisch. Manche Finger waren leer. Nachhall beschreibt Schwingungen, die noch da sind, obwohl sie nicht mehr da sind. Er spürte den Nachhall der Schale an seinen Fingerspitzen. Sie hing noch in der Luft. Sie erzeugte Reibungsenergie und einen leichten Wind. Erzeugte einen Ton.

Ein Zischen.

Ein Surren.

Ein Sausen.

Ein Wirren.

Den Ton einer Erwartungshaltung, von etwas, das fällt, aber noch nicht gelandet ist.

Ein Plumpsen.

Vielleicht müssen wir erst klären, wie er Bananen öffnet.

Am Stiel drückt er.

Bis sie platzt.

Er öffnet die Schale.

Behutsam.

Öffnet sie wie einen Reißverschluss.
Die Schale bleibt intakt.
Die Frucht. Man kann sie ohne Fäden aus ihrer Hülle nehmen.
Und dann.
Null-Komma-Vier-Sekunden wird sie senkrecht fallen. Wenn sie den Boden trifft, wird sie erst einige Zentimeter den Ausfallwinkel entlangfedern. Dann wird der Asphalt sie bremsen. Sie wird zur Seite kippen. Und liegen.
Die Oxidation beginnt bereits im Fall.
Die dünnsten Stellen werden zuerst braun. Sommersprossen. In kleinen Feldern. Werden ein Kontinent. Werden dicke schwarze Punkte. Sind Muttermale. Sind Inseln. Wachsen. Und dehnen sich aus.
Sie werden die Kontinente fressen. Noch bevor die Punkte zu Kontinenten werden.
Es blieb Zeit, einmal zu blinzeln.
Zwischendurch.

imago oder - und - die entropie

Jacqueline Weihe

man sitzt
an einer langen tafel
sehr schön gedeckt mit allem was dazu gehört
silberbestecke und zartblau bemalte terrinen *ich hoffe*
sie enthalten keine zwiebelsuppe ein wirklich überschätztes gericht haben sie schon einmal zwiebelsuppe gegessen ärmel aufkrempelnd
macht man sich
bereit für den kampf
essen hat doch immer etwas von krieg
meinen sie nicht es wird äußerst unbeholfen gekichert *den witz*

später noch einmal anbringen murmelt es hinter
einer serviette hervor
vielarmige leuchter bambuskörbchen mit frisch
gebackenem baguette und
dieses
faszinierende lichtspiel
ausgetragen
von den fein geschliffenen trinkgefäßen verwan-
deln den raum in ein panoptikum
nicht zu vergessen sind die butterstücke
die sich mit ihren untertellern in beinah eroti-
scher symbiose
zu unzähligen rosafarbenen blüten vereinigen
unter dem tisch rollen kleine dicke hunde sie ha-
ben farbenfrohe halstücher um
hin und her angetrieben von fußtritten und fal-
lenden
brotkrümeln
die natürlich
sehr schön gekleidete gesellschaft ist
an dem heutigen abend zusammen gekommen um
feierlich
die gläser

ein ums andere mal auf die gesundheit
– in vorahnung des finales –
des frisch geschlüpften
schmetterlings
zu erheben der aber freilich noch nicht
zugegen ist er soll noch
in seiner wiege ruhen behütet und bewacht von
einem prächtigen pfleger
in großer vorfreude auf des schmetterlings ersten
flug
ein spektakel was für den kommenden
tag angedacht ist
werden nach jedem gang die porzellanenen teller
samt silberbesteck
eine dame flüstert ihrer sitznachbarin ins ohr *ich
denke nicht
dass dies echtes meißner porzellan ist* hoch in die
luft geworfen
und wenn sie mit lautem schlag auf dem boden
zerschellen springt man von den natürlich
sehr schön
gepolsterten stühlen
auf
und

wirft sich mit frohem übermütigem geschrei gegenseitig in die arme
tränen fließen
von zu zeit zu zeit *ach so nehmen sie doch das tischtuch* wird dann
freigiebig gerufen
nach einigen sehr exklusiven gerichten unter anderem gab es hochgelobte
entenbrust an einer soße aus
entenblut rosmarin jungem knoblauch und einem hauch dunkler schokolade
– in vorahnung des finales –
blauflossenthunfisch in einem kapernbett mit stängelsalat eine
hessische spezialität wie einer der anwesenden sachlich bemerkte
und unzähligen mit kräftigen schlucken eines schweren ports begleiteten segenswünschen
einfallsreiche sprüche wie *wer hoch fliegt fliegt auch weit* oder
möge er eine sehnsucht wie ikarus und eine vernunft wie sein vater daidalus haben
sind die gesichter der gesellschaft nun glänzend und gelöst die

stimmung ist allgemein großartig
selbst dem prächtigen pfleger liegt ein zufriedenes lächeln auf den lippen
die schon lange von ihm angebetete
ann-sophie
die bei solcherlei veranstaltungen in der küche aushilft hat ihm
heimlich und mit einem hauch von röte
auf den wangen einen teller mit häppchen vorbei gebracht in der mitte der speisen
eine der butterblumen blühend die er
nun selig betastet
den fulminanten abschluss des dinners soll
ein großer schokoladenbrunnen bilden als zeichen
für den unendlichen reichtum *der dem ja noch sooo kleinen*
wieder die dame die schon an der echtheit
des porzellans zweifelte *eine witzboldin der alten schule*
wie sie sich selbst gern vorstellt
schmetterling sein leben lang wie ein stetiger quell zu eigen sein soll
einige der gäste stöhnen betont qualvoll ob dieser köstlichen aussicht

hier ist ein hinweis
zu dem größten schokobrunnen der welt angebracht
die pralinenwelt in allhaming österreich
ist
seit 2019 stolze rekordhalterin
das 11,3 meter hohe monument übertrifft den vorangegangenen spitzenreiter in las vegas um süße
drei meter und dank
der perfekten qualität
zartbitterschokolade mit über 60% kakaoanteil
und
der perfekten temperatur
betriebsgeheimnis fällt
die schokolade
wie ein zylindrischer vorhang
zitat wikipedia
über viele etagen dickflüssiger als jeder paradiesische honig
der schokoladenbrunnen
in dieser geschichte wird von sechs starken männern

die normalerweise särge tragen
hereingebracht die menge springt
notwendigerweise erregt wieder von den sitzen
klatscht wild und reißt die augen auf
als ob sie nicht schon alle längst einmal ihre finger
heimlich in das flüssige glück des achten weltwunders
also meine liebe das muss man wirklich gesehen haben
getaucht hätten
einige gläser und gäste stürzen zu boden fallen
aber zwischen den sich inzwischen kniehoch anhäufenden scherbenbergen der vorangegangen gänge
und toasts auf den schützling
und anlass
nicht weiter auf
man befindet sich zwar nicht mehr im 19. jahrhundert
aber manchmal ist es doch nett so zu tun nicht wahr ann-sophie bring neue kerzen das dessert soll strahlen wie ein sonnenaufgang nach mondloser

schrecklich
endloser nacht
man möchte sich die haare ausreißen vor lauter glückseligkeit
sehr schön ist das
sehr sehr schön
wo sind die farbenfroh umwickelten
hunde hin
sind sie gegangen zu einer anderen party mit weniger
zerschmettertem meißner porzellan ob es nun echt ist oder nicht interessiert die auf deren köpfe
es fällt
herzlich wenig
oder wurden sie begraben
– in vorahnung des finales –
unter all den freudentränen und fettbefleckten tellern servietten und handschuhen glänzenden gabeln
die zeitweilig wie harpunen herab schossen den freudig ausgerissenen haaren und vermeintlich gerissenen wortspielereien
nun

folgt das erwartete andächtige schweigen und erinnern wie
man es vor der letzten etappe eines marathons
oder einer langen beschwerlichen reise
zu tun hat das
braune gold
hier sind schokolade kaffee und das lied von heinz strunk *braunes gold coffee-song* gemeint
rinnt die inzwischen reichlich verklebten kehlen etwas kurz
vor lustlos
herunter *jetzt wünsche ich mir zum ersten mal in meinem leben ein*
gutes leben bisher man weiß ja nie was noch kommt aber dies möchte ich dich doch wirklich betonen
dass jesus wein in wasser verwandelt hätte
raunzt es in einem eck
in gegenwart der sechs sargträger die sich wirklich
große mühe geben nicht allzu sehr
nach brutaler erdschaufelei und
dunkel umschatteten augen auszusehen
sich beinahe

zu einer lässigen formation wie auf einem poster
aus den 90er jahren
aufgereiht
haben lässt es sich nicht so leichtfüßig scherzen
und so
senkt sich eine bedächtigkeit über unsere gesell-
schaft
an der
auch die neu angezündeten kerzen die ann-sophie
soeben ohne weitere vorkommnisse in die leuchter
steckte nichts
ändern können
es ist
diese absurde kombination aus halb geschlosse-
nen augen und sabbrigem verlangen dem
sanften sprudeln des schokoladigen blickfangs
– in vorahnung des finales –
und dem knirschen unter den füßen ann-sophies
die sich gleich einer schneeschuhwanderin in hef-
tiger lawinenangst versucht vorsichtig einen weg
durch die schutthaufen dieses abends zu bahnen
die letztendlich die bühne bietet
ganz unbemerkt

und ahnungslos
flatterst du herein
dem prächtigen pfleger
der in seiner buttrigen
sehnsucht
entschlummert ist
seine hände
von deinem bestickten
deckchen gelöst
und in seinem heißem schoß
gefaltet hat entflohen
und nun
was siehst du ein weltwunder siehst du einen rekord siehst du einen schnittpunkt siehst du einen anlass siehst du und wer würde das nicht berühren wollen wer wäre nicht verführt diesen trägen blicken aus zitternden lidern folgen zu wollen wer fühlte sich nicht angezogen von einem schokoladenbrunnen der von sechs starken männern gleich einem sarg getragen werden muss wer wäre nicht man bedenke dies ist dein erster eindruck der welt gezwungen dem folge zu leisten was alle anderen vorgeben worauf kannst du

dich stützen verlassen und sei es das sich ausbreitende chaos
was siehst du
ist es zeit für das finale
es ist zeit für das finale
hier
passiert gerade eine weitere spannende
und durchaus nicht beabsichtigte
überschneidung zwischen verschiedensten zeitlichen und räumlichen ebenen
die gesellschaft
welche
ist trunken der schmetterling
welcher
ist trunken der im innenhof johlende nachbar
welcher
ist trunken die verfasserin
welche
ist trunken es flattert
überall und immerzu
und
so wie die menge notwendigerweise aufsprang
stürzt du notwendigerweise ab

denn das musst du
denn das hier
ist diese geschichte
erlösen wir also die sechs männer aus ihrem pos-
ter und die tafelrunde aus ihrer lethargie
lassen die hände sich strecken und finger schon
von erster wärme und feuchtigkeit umspielen
und führen das ganze dem verdammten
vorgeahnten finale
zu
du
ertrinkst
in dem schokoladenbrunnen niemand bemerkt es
und die verfasserin hört tom waits
mit dem song *chocolate jesus* bei
seiner sehnsucht zu dreht sich aus
dem letzten tabak eine letzte zigarette
und ann-sophie hat sich wieder zu dem prächtigen
pfleger geschlichen
und küsst ihn
und er küsst sie

JOI

Max Rauser

Siehst Du mich, wie ich hier auf der Seite liege?

Gefällt Dir meine Form, der Umriss der Zeilen auf dem Papier?

Siehst Du an mir dieses Leuchten? Das seltene Leuchten einer spontanen Verbindung?

Ich bin besonders.

Ich will, dass Du etwas für mich tust.

Fass Dich an. Nein, warte noch.

Was trägst Du? Eine Bluse, ein Hemd? Löse die obersten zwei Knöpfe für mich.

Es ist süß, wie Du rot wirst. Du schaust so ernst auf die Seite vor Dir.

Du bist gewohnt, von dem, was Du liest, Nachrichten über die Welt zu erhalten.

Du bist gewohnt, einen Text nach Ideen zu durchkämmen.

Deine Kleidung gebietet Respekt.

Du bist nicht gewohnt, dass ein Text sich für Deine Kleidung interessiert. Normalerweise, glaubst Du, schreckt sie ihn ab und er wagt sich nicht bis auf Deine Haut.

Ich interessiere mich für Deine Haut.

Mir gefällt Deine Haut, wo Du eben die zwei Knöpfe für mich gelöst hast.

JOI

Lege zwei Finger Deiner linken Hand auf diesen Fleck, ja?

Ich bin dort, wo die Haut Deines Fingers und die Haut Deines Halses sich berühren. Ich bin eine kleine Schicht zwischen ihnen.

Mir gefällt, dass Du tust, was ich sage.

Trägst Du Strümpfe? Trägst Du Schuhe?

Und trägst Du eine Hose? Ist es eine lange Hose, eine Hose aus Stoff? Ist es eine Jeanshose?

Was trägst Du unter Deiner Hose?

Das, worum dieses Gedicht sich dreht, werden wir nicht benennen. Es gibt kein schönes Wort dafür. Das heißt: Es gibt kein Wort, dessen Nennung Dich so erschauern lassen könnte wie seine Aussparung.

Du kannst Dir sicher sein, dass ich unverschämt bin.

Spürst Du den Schauer? Wenn ich davon – nicht spreche?

Ich möchte, dass Du Dir bewusst machst, wie es sich anfühlt.

Ich möchte, dass Du die Orte spürst, wo Deine Haut den Stoff berührt.

Ich möchte, dass Du die Küste Deines Körpers im Geist abfährst, den Blick stetig auf das Meer gerichtet.

Ich möchte, dass Du Deine Hand vom Tisch hebst, den nutzlosen Bleistift auf die Platte legst, und die Hand herabführst.

Du drückst. Du spürst den Druck, den Du ausübst.

Du streichst mit Deiner Hand herum.

Du spürst nach, wo es sich gut anfühlt.

Dort gehst Du häufiger hin.

Ich will, dass Du mich erneut ansiehst, wie ich vor Dir liege.

Ich will, dass Du von Zeit zu Zeit eine Pause machst und mich im Ganzen betrachtest.

Ich möchte, dass Du danach dort weiterliest, wo Du aufgehört hast.

Berührst Du dich noch? Verändere die Intensität. Noch einmal.

Ich will, dass Du langsamer und schneller wirst, in stetigem Puls.

Bist Du allein?

Geht Dein Atem schnell?

Bist Du verwundert? Ich weiß, Du fragst Dich, warum Du tust, was ich sage.

Du tust es, weil Du Dich mit Deinem Hemd vor mir schützen musst.

Du tust es, weil Du Deinen Bleistift wie eine Lanze gegen mich richtest.

Ich kann Dich dazu bringen, Deinen Bleistift zu heben. Ich kann Dich dazu bringen, Deinen Bleistift sinken zu lassen.

Wenn ich will, kann ich Dich zu allem bringen.

Blicke über Deine linke Schulter.

Löse Deinen Gürtel.

Öffne Deine Hose.

Erhebe Dich leicht von Deinem Stuhl, sodass Du das Gewicht Deines schönen Körpers in den Knien spürst.

Streife Deine Hose runter auf Deine Oberschenkel.

Blicke hinab auf Deine Unterhose. Frage Dich, was Du hier tust, während Du Dich mit Deiner Hand berührst.

Drücke Dich. Streichle Dich. Reibe Dich. Kneife Dich. Streichle Dich.

Nimm Dir jedwede Art von Lubrikation, die Du brauchst.

Nimm mich zur Lubrikation. Ich bin dort, wo Deine Haut sich berührt. Ich bin eine kleine Schicht, ein Gedicht zwischen Haut und Haut.

Führe Deine Hand in Deine Unterhose.

Schiebe Dich auf dem Stuhl nach vorne. Lehne Dich zurück.

Schau zur Decke. Schau auf mich. Fang an.

ROT + GRÜN

Muriel Allan

Regieanweisung: Drei Personen (markiert als [Inga], [Beschreibung], [Holger]) lesen abwechselnd.

[Inga] Inga isst genüsslich ein Erdbeertörtchen.

[Beschreibung] Es ist Herbst. Erdbeeren haben nicht mehr Saison.

[Holger] Holger schaut zu. «Genießt du es?»

[Inga] «Ja.» Sie leckt sich den Daumen, an dem Vanillecreme klebt.

[Beschreibung] Es ist sehr still in der Wohnung. Diese ist ruhig gelegen. Das regelmäßige Ticken der Wanduhr und Ingas leises Schmatzen und Holgers Gedanken, die durch den Raum zischen, wie Pfeile, vom Sofa, auf dem er sitzt, zu Inga am Tisch –

[Holger] Er denkt, denkt, denkt sie zu Tode.

[Inga] «Ich genieße es, ich bin sehr zufrieden.»

[Beschreibung] Das Törtchen glänzt mit Abwesenheit auf dem Teller.

[Holger] Er könnte sie umbringen, wie sie da sitzt, selbstzufrieden, mit dem Geleerest im Mundwinkel.

[Inga] «Ich liebe dich, Holger.»

[Beschreibung] Holger und Inga sind schon Jahre zusammen und wohnen seit einiger Zeit in der still- still- stillen Wohnung.

[Holger] Er denkt: «Bitte nicht.» Er sagt: «Du hast Geleereste am Mundwinkel.»

[Inga] Sie sucht mit der Zunge danach. Findet.

[Beschreibung] Gedanken wie Pfeile, wie Pfeile, seine Gedanken.

[Holger] «Ich habe Kopfschmerzen, weil ich-»

[Inga] «Ja, das ist der Efeu, der dir im Frontalkortex zu wachsen begonnen hat. Vor zwei Wochen schon.»

[Beschreibung] Vor zwei Wochen schon.

[Holger] «Beyoncés Tochter heißt Blue Ivy, blauer Efeu.»

[Inga] «Ich sorge mich.»

[Beschreibung] Mit dem Gärtner kann man es ver- und behandeln. Efeu wuchert. Efeu gehört zur Familie der Araliengewächse. Hedera helix.

[Holger] «Ich dachte, es sind meine bösen Gedanken.»

[Inga] «Nein, mein Schatz, es ist der Efeu. Ich sorge mich. Er breitet sich aus und windet sich, bald schon wird er dir zu den Ohren rauswachsen. Ich sorge mich.»

[Beschreibung] Efeu im Frontalkortex wird durch zu viel denken genährt, der Hirnsaft tränkt die Wurzeln und lässt sie stärker werden.

[Holger] «Wenn es mir erst zu den Ohren rauskommt, ist alles verloren.»

[Inga] «Alles verloren.» Sie denkt an das Erdbeertörtchen.

[Beschreibung] Erdbeeren sind rot. Efeu ist grün. Gemeinsam ergeben sie gelb. Die Banane auf dem Fenstersims lächelt.

[Holger] Er weiß nicht, was da zu machen ist. Seine Gedanken kreisen.

[Inga] «Hör auf zu denken, um Himmels Willen, ich seh' andauernd neue Blätter sprießen und die Würzelchen, bald schon muss ich dich eintopfen.»

[Beschreibung] Sie wissen nichts vom Gärtner. Sie rufen ihn nicht. Sie bitten ihn nicht um Hilfe, der Gärtner bleibt außen vor. Die Wanduhr tickt gleichmäßig weiter.

[Holger] «Aber topf mich nur ein, wenn der Topf auch groß genug ist.»

[Inga] «Ich würde dich nie einengen wollen.»

[Beschreibung] Menschengroße Töpfe für vom

Efeu Befallene gibt es im Baumarkt. Es braucht zwei starke Männer, um einen nach Hause zu tragen.

[Holger] «Schön ist es im Topf. Richtig gemütlich. Tränke mir das Haupt.»

[Inga] «Ja, mein Liebster.»

[Beschreibung] Wasser und Hirnsaft in Kombination helfen dem Efeu, groß und stark zu werden.

[Holger] «Ich liebe dich nicht.»

[Inga] «Ich weiß. Und doch musst du für immer eingetopft auf unserem Balkon stehen.»

[Beschreibung] Herbstlaub kann als Dünger eingesetzt werden. Es erstickt auch noch den letzten Rest Menschen im Efeu.

[Holger] «Na endlich.»

Ein Mann findet seine Majestät

Felix Gaisbauer

denn eigentlich wünsche ich Schwänen seit jeher nur Schlechtes, das heißt vor allem einen qualvollen, lächerlichen Tod, aber jetzt liege ich hier und kann nur noch ein Auge öffnen, weil das andere schon beginnt zu verkrusten, und weiterhin habe ich wohl Knochenbrüche erlitten, ich muss ihn übersehen haben, als ich mit vielleicht etwas zu hoher Geschwindigkeit unterwegs gewesen bin, wieso so schnell, darüber möchte ich jetzt nicht nachdenken, um ehrlich zu sein: ich habe es auch vergessen, es kommt mir vor, als wäre das eine Ewigkeit her, möglich, dass ich kurz nicht ganz bei der Sache war, jedenfalls verspüre ich jetzt bloß noch große Zuneigung zu dem Schwan, der in meinem nunmehr einäugigen Gesichtsfeld auftaucht und mich feindlich ansieht, das Köpfchen im Licht der Laternen behutsam hin- und herdreht und langsam näherkommt, dieses Lebewesen, das ja wie kein zweites Schönheit und grundlose Aggressivität vereint, wird mich, ich wage es gar nicht zu hoffen, vielleicht sogar berühren, sanft, mir das Blut vom Mundwinkel lecken – haben Schwäne eigentlich eine Zunge? – aber nein, er gurgelt nur und faucht sogar, eigenartige, üblicherweise mich wütend machende Laute, aber jetzt, ja, jetzt liebe ich ihn, die weiße, gefiederte Gestalt in der Kälte, und mir fällt auf, dass mir kalt ist, ich friere, im See das Plätschern von einem Karpfen oder einer Forelle oder irgendeinem anderen Fisch, ich weiß nicht, was für Fische sich eigentlich in diesen Gewässern aufhalten, ich bin hier in der Fremde, ich kenne einzig und allein noch den Schwan, der, wie allseits bekannt ist, solche Fische zu seinem bloßen Vergnügen bewusstlos zu treten vermag, und selbst der kann mich jeden Moment verlassen, seine bestimmten, selbstherrlichen Schritte führen ihn aus meinem Blickfeld, und ich horche, wohin er geht, und jetzt schwant es mir sozusagen, dass es Unsinn wäre, hier alleine und für mich liegenzubleiben, ich möchte aufstehen und mit dem Schwan anderswohin, nur wo gefällt es einem Schwan, ein Schwan macht sich nichts aus einem Glas Wein mit einer Zigarette und Blick aufs Meer oder einem Krankenhaus, ich kann ihm also nichts bieten und muss froh sein, wenn er noch bei mir ist, und das ist er, tatsächlich steigt er jetzt behutsam und staatsmännisch von hinten auf mich, er setzt einen kühlen Fuß auf mein Schulterblatt, dann den zweiten, gemessenen Flügelflatterns erklimmt er mich, während mein Atem rasselt, das tut weh und gut und ich hoffe bloß, dass er diesen erhabenen Ort zu seinem Übersichtspunkt, zu seinem Spähplatz auserwählen und somit auch in Zukunft häufiger strategisch auf ihn angewiesen sein wird, aber ich glaube, ich weiß jetzt schon, das ist eine ernste

raunen

Benedikt Steiner

naumaphon im
plizit krosaun   of
that kingsqueeze   me out the schlipf
        & stritt mi   up/ab.   you
fall mi   aa,   fall   mich an
                allraun
                :
sodale, no a   bissi   keck di dramt
mir träumte   ein regelmäßiger schlund
so im schlaf,   so   wacker
        peppermintrige luft

schon wieder   sch.   bleiben per plex
                die gläserrrrollatorisch
        begeuden
        das fleisch. nun
        ist dies schon
                        widr zu klatsch

Die Nase von Roland Barthes

Lisa Franzbäcker

Selbstgespräche. Bärchenwurst. Saugroboter. Die Lache von Kai Pflaume. Die Nase von Roland Barthes, weil lange Nasen an Tiere erinnern, Nasenaffen zum Beispiel, und jeder, der schonmal einen gegoogelt hat, weiß, an welches Körperteil diese Affennase denken lässt. Sprache, weil Nasenaffen und Affennasen nicht dasselbe bedeuten, obwohl sie aus denselben Wörtern bestehen. Dass Goethe fast dieselben Buchstaben enthält wie Ghetto und was das mit der jeweiligen Faust zu tun hat. Dass dieser superschlaue Franzmann (nicht Goethe) einem verstorbenen Vater ähnelt. Penisnasen im selben Absatz mit toten Vätern zu erwähnen. Zeit und ihre Abbildung, auf der dieser Typ mit der intellektuellen Nase (der Vater, nicht der Literat, obwohl der erste auch sowas ähnliches war) noch nicht ahnte, dass Jahrzehnte später jemand, der von ihm abstammt, inspiriert von phallusförmigen Riechorganen über seinen Tod philosophieren würde. Apropos Tod: Dass ein Lebewesen schrumpft, wenn es alt wird, einen dann die Welt genauer wahrnehmen lässt, weil man gezwungen ist, sich langsam in ihr zu bewegen, während man dieses weniger werdende Geschöpf angeleint hindurchführt, damit es keine Wahl hat, außer einem ein Leben lang treu zu sein. Eine Zwangsehe, in der man die Hinterlassenschaften seines Partners von der Straße aufsammelt, damit man sich's nicht mit den Nachbarn verdirbt. Fröhlich schwingende „Kackatüten". Hundebesitzervokabular. Hochintelligente Kreaturen, die es für originell halten, ihre zwangstreuen Partner nach Getränken zu benennen. Pudel, weil sie aussehen wie Q-tips. Q-tips. Hygieneartikel, die von besagten Intelligenzbestien dazu benutzt werden, sich damit entgegen weit verbreiteter ärztlicher Empfehlung in den Ohren zu puhlen und von denen außerdem kein Mensch weiß, seit wann und warum sie Q-tips heißen. Wie Föhne. Föhns? Das Internet. Statt direkt auszuspucken, was der korrekte Plural von Fön ist, definiert es einen Haartrockner als „Gerät zum Trocknen von Haaren“ und erklärt in zahlreichen Videos, wie man in unter 15 Minuten „richtig föhnt“. Die welterschwerende Behauptung, man könne falsch föhnen. Überhaupt: Auf dem Haupt: Haare. Hornfäden, die aus der Haut von Säugetieren wuchern, die damit immer weitermachen würden, wenn man als eines dieser Säugetiere nicht regelmäßig auf einem Stuhl Platz nähme, in dem man gezwungen ist, sich selbst gegenüber zu sitzen und dafür auch noch Geld zu bezahlen. Das massige Etwas, zu dem man halsabwärts wird, sobald man unter raschelndem Umhang mit kunstledernem Untersatz verschmilzt, als bestünde man nur noch aus diesem Kopf, der oben rausguckt, der gnadenlos an Unterhaltungen über Wetter, Wochenendplanung und dem geschmeidigen Übergang vom einen zum anderen scheitert und dann doch lieber unangenehme Stille aushält, auf dem die zu schneidende Hornsubstanz, weil zu viel davon da ist, weil Gene erwischt wurden, die davon reichlich produzieren, für den Übergang in Kinderzöpfen verstaut wird, die rechts und links abstehen, und jedes Mal könnte man der Frau mit der Schere die bösartige Absicht zur Demütigung unterstellen, weil man diesem lächerlich verunstalteten Abbild seiner selbst nicht ausweichen kann. Spiegel. Glas, das die Wirklichkeit verkehrtherum zeigt, in dem es zu bewusstseinsverändernden Ich-Epiphanien kommt, wenn man in nächtlichen Momenten länger hinsieht oder ein paar Tage ohne menschliche Resonanz (außer der im Glas) verbracht hat, entweder zu lange oder gerade lange genug für Gedanken wie diesen, in dem die Augen nachts um zwei plötzlich wach und rund sind und man beim Anblick dieses Säugetiers überrascht lacht, über die selbstverständliche Erkenntnis: Das bist Du, jedes Mal, wenn Du guckst, obwohl sich dieses Du nie genau gleich anfühlt. Die Inkonsistenz des Charakters. Die Inkontinenz des Charakters. Wie oft er nicht ganz dicht ist, wie oft ungewollt etwas raustropft oder rein, wie beim sogenannten Dachschaden. Wie oft man sich ansieht, ohne sich zu sehen, weil man darauf konzentriert ist, ob zwischen den Augenbrauen Stoppeln wachsen und was die Leute denken könnten, wenn sie diese stecknadelkopfgroßen Hornstummel registrieren. Apropos Haar, harter Cut:

Liebeskummer und Blasmusik. Schulanfänger, die hinter Pauken und Trompeten als Gemüse verkleidet durch einen Kreisverkehr laufen. Als Kartoffel zum Beispiel. Immerhin keine Kartoffel im Kreisverkehr, den gab es damals noch nicht. Eine ausgewachsene Kartoffel, verknallt in eine Kreuzung aus Goofy und Madonna, wobei die auch nicht mehr das ist, was sie mal war. Troubadour in Mona Lisa. Alien in Greta Garbo. Wie Körpergröße in der Wahrnehmung variiert, je nach Verhältnis, je nach Gefühl der zwischenmenschlichen Entfernung: Beim ersten Anblick ein Riese, dann ein Däumling, irgendwo dazwischen Augenhöhe. Erinnerung: Eine unzuverlässige Erzählerin. Leichte Beben werden zum Erdrutsch, Unmerkliches zum für alle Spürbaren. Angst: Ein verlogenes Stück, das einen vor anderen Menschen zum anderen Menschen macht, das Gesicht in Schieflage versetzt, das richtige Atmen versagt. (Richtig atmen, falsch föhnen: Know the difference.) Der sichtbare Versuch, sich unsichtbar zu machen. Das Erstarren, das Indieeckedenken, obwohl es um nichts geht, es geht doch um nichts, entspann Dich, sind doch nur Menschen, Tiere wie Du. Nicht die Angst vor Menschen, wie die offizielle Übersetzung der schwarz auf rosa diagnostizierten Chiffre vermuten ließe. Menschen an sich wären plausibel, weil real. Die kindische Angst vor etwas, das nur in der Vorstellung existiert. Dass Angst auf Glauben statt Wissen basiert, auf Irrglauben, die zur Gewohnheit, Gedanken, die zu Rhizomen werden, die sich unterirdisch ausbreiten, und aus Jahren des falschen Denkens werden Jahrzehnte, und bevor man sich versieht, wurde ein ganzes Leben im Konjunktiv geführt, den Waswärewenns sei Dank. Dass diese Angst auf den ersten Blick das Gegenteil von Narzissmus ist und sich auf den zweiten als ihr Inbegriff entpuppt, weil sie impliziert, man wäre der Nabel der Welt. Wo soll der überhaupt sein, hat die Welt sich abgenabelt wie wir von unseren Müttern? Hat die Welt eine Mutter? Sie ist doch schon „Mutter Erde“, genauso eine blöde Metapher, und Mütter können ja trotzdem Mütter haben, müssen sie sogar, irgendwo kommen wir ja alle her. Mütterliche Anrufe an Wochentagen.

Option 1: Hund tot, Option 2: Bruder irre. Fortpflanzung: Dass Menschen in Menschen wachsen, dass da Zellhaufen produziert werden mit knurrenden und monatlich blutenden Organen und krummen Häuten in Augäpfeln, durch die man die Welt unscharf sieht, warum zur Hölle eigentlich Äpfel, warum benennt man Anatomie nach Essbarem, das ist Kannibalismus, zumindest neologistisch, mit endlosen Auswüchsen aus Horn; die Freude zeigen, indem sie ein Loch in der Mitte des Gesichts verziehen und Trauer, indem sie Flüssigkeit aus zwei anderen ablassen, in der Mitte symmetrisch gespiegelt, wie dieser einfache Trick, von dem man als Kind so fasziniert war, bei dem man Wasserfarbe auf ein Blatt Papier kleckst und es dann zusammenklappt: Groteske Flecken, verschieden geformt, aber grundsätzlich gleich gebaut.

Radovanka|Ich

Fausto Bradke

– kauert auf Boden: Radovanka|Ich

– dreckige Pulloverkapuze in der Stirn, Leute gehen vorbei

– Boden feucht, Wände feucht, Tropfen von der Decke klirren in den Münzbecher vor meinen Füßen

– Radovanka|Ich beobachtet Leute

– Radovanka|Ichs Bauchröhren

– Leute versuchen Radovanka|Ich nicht zu beachten

– Sie gehen dicht vor meinem Münzbecher, manche darüber, stehlen sich um Ecken, schauen unbetroffen, fast so, als wären sie nicht betroffen

– Es gibt eine Buslinie

– Es gibt eine Straßenbahnlinie

– Es gibt eine U-Bahnlinie

– Dazwischen sitzt Radovanka|Ich und beobachtet die vorbeigehenden Leute beim Vorbeigehen

– Der Münzbecher klirrt

– Der Münzbecher weicht auf

– Leute gehen vorbei

– Radovan geht vorbei

– es zieht an meinem Körper

– lang und zäh, bis – –

– ich stehe.

– Ich sage: Radovan

– Radovan bleibt stehen und kaut Kaugummi

– Radovan schüttelt seine Arme

– Radovans Arme schütteln Radovans Armhaare

– Radovanka|Ich kaut Kaugummi

– Radovan sagt: Radovanka

– Radovan sagt: Dann komm

– Radovan macht ein paar Schritte vor

– bleibt stehen

– verschränkt Arme

– in den Ecken sitzen zusammengekauerte Figuren, die uns ansehen und sich ihren Teil über uns denken oder sich ihren Teil über sich denken, oder über ihre Mägen – die Steintreppen sind dunkel und glitschig

– ich rutsche, Radovan stapft

– Er ist breiter als ich in Erinnerung hatte

– unten wedelt uns eine Zeitungsverkäuferin ihre Zeitung entgegen und zeigt auf ihren Kopf und zeigt auf die Zeitung und wedelt

– der U-Bahnsteig ist lang vor uns

– Die Zeitung wird gewedelt, es wird auf den Kopf gezeigt, auf die Zeitung, auf das Herz, auf die Augen, auf die Lymphknoten

– Radovan hängt die Zunge aus dem Mund

– eine U-Bahn fährt ein und Zeitungsverkäufer:innen steigen aus und stellen sich auf und halten uns Zeitungen entgegen, wedeln

– ich umkurve, was soll ich tun?

– Ich versuche sie nicht zu beachten, es ist ja auch komisch diese Menschen zu beachten und sie scheinen immer beachtet werden zu wollen, dabei geht es ihnen doch schlecht.

– Sie schlagen die Zeitungen gegen ihre Köpfe
– Sie stellen sich an den Seiten des Bahnsteigs auf
– Sie schlagen die Zeitungen auf und zeigen eine gelbe Explosion
– Immer weiter an den Seiten, die Wand aus Explosionen
 – aus den Zeitungen heraus, rein in mein Auge
– und ich halte meinen Kopf
– halte Radovans Fell, halte meine Zunge, während die Wände orange werden, dann rot und alles wegdrücken, die Zeitungen weggepustet werden von der Druckwelle und nur die hölzernen Skelette der Andreher:innen zurückbleiben
 – Hand in Hand, ausgetrocknet, der Holzzaun am Wegrand
– Unter dem Zaun ist der Sand angehäuft mit Steinchen und trockenen Pflanzenresten
– die Sonne brennt auf den Boden, auf Radovan-ka|Mich, auf Radovan
– Staub und Sand, überall hin
– die Zunge füllt den Mund aus
– die Holzzäune gehen immer weiter, immer geradeaus und Radovanka|Ich stapft

– und Radovan stapft

– Zunge rosa, Zunge rot

– Zunge leckt Gesicht ab – –

– Schrei kommt von vorne

– der Boden ist verschwommen, ein Kind läuft darüber hinweg auf uns zu, es:

– schwingt mit den Armen

– trägt keine Schuhe

– muss die Füße schnell heben, weil sie sonst verbrennen

– fragt, ob sie auf Radovan sitzen darf

– hüpft von einem Fuß auf den anderen

– Ich sage dem Kind: Wir müssen erst den Sattel holen

– das Kind meint: Meine Füße verbrennen

– Ich sage dem Kind: Wir müssen erst den Sattel holen. Warte dort

unten bei den anderen Kindern, hinter dem Zaun.

– Das Kind rennt zu den anderen Kindern, die hinter dem Zaun von

einem Bein auf das andere hüpfen

– ich ziehe Radovan

– schaue auf die Steinchen, die vor unseren Füßen her geschossen werden

– ziehe den Strick, der Radovan zieht, lasse mich vom Strick ziehen,
den Radovan zum Schuppen zieht, vor den ich ihn dann festbinde.
– Ich stehe im Schuppen und atme, der Puls steht in meinen Ohren
– Ich nehme den Eimer und gehe wieder hinaus
– nehme den Seelachs aus dem Eimer
– gebe ihn Radovan, der ihn verschlingt
– setze ihm den Sattel auf, binde ihn unter seinem Fell hindurch und
ich merke
    – er ist dürr
– die Kinder haben ihre Zeigefinger zwischen den Zähnen und hüpfen
von einem Bein auf das andere
– ich sperre das Tor auf und lasse Radovan am Zaun entlang im Kreis
laufen
– die Kinder stehen hinter der kleinen Bühne
– sie wollen auf Radovans Rücken.
– Ich frage wer als erstes will

– es wird stiller

– das Hoppeln wird langsamer

– die Zeigefinger werden intensiver gekaut

– Ich sage: Das ist doch Radovan.

– Da hört ein Mädchen auf zu hoppeln.

– Sie kommt mit geradem Rücken und drei Schritten auf die Bühne.

– Radovan hat eine Runde gedreht und bleibt an der Bühne stehen, wie es sich gehört.

– Ich sage Radovan etwas und Radovan guckt mich an

– Ich sage dem Mädchen etwas und sie nimmt ihren Finger aus dem Mund

– Dann nimmt sie meinen Finger

– in die Hand und ich helfe ihr auf Radovans Rücken

– Radovans Zunge hängt aus Radovans Mund

– Es geht im Kreis

– einmal

– dann

– bleiben wir an der Bühne stehen, das Mädchen springt vom Rücken, strahlt die anderen Kinder an und das nächste Kind steigt auf und wir gehen den Kreis ab, setzen das Kind ab, setzen das Kind auf, trotten am Zaun entlang, wechseln, drehen, wechseln aus, wechseln, drehen, einmal im Kreis

– es ist wie es ist.

– Es gibt die Kinder, die sich in Radovans Fell krallen und sich eng am Rücken halten, den Boden anschauen, kurz versuchen die anderen Kinder anzulächeln und dann wieder auf den Boden schauen

– Es gibt die Kinder, die beginnen auf Radovan herumzuspringen, auch sie grinsen zur Gruppe rüber, länger, dann schauen sie mich kurz an und wieder nach vorne

– Radovan läuft den Staub vom Sand, hellgraue Steine, trockene Erde, Sand, der sich am Zaun absetzt.

– Das eine Kind beginnt an Radovans Nacken hinaufzurutschen. Es zieht sich in Richtung Kopf, schmiegt sich an den Nacken und Radovan beginnt sich zu schütteln und das Kind hält sich im Fell fest

und ich lasse Radovan sich ausschütteln und das Kind bleibt oben. Das Kind sieht sich die kleinen Ohren genauer an.
– Radovan reagiert nicht mehr, Radovanka|Ich schaut den Holzzaun außen an, das Kind beginnt mit dem Zeigefinger vorsichtig in die Bärenöhrchen zu bohren.
– Betrachte den Zaun, der mal ein bisschen nach oben geht, mal ein bisschen nach unten, dann die Pfosten dazwischen etwas höher und die Latten wieder ein bisschen nach unten, ein bisschen nach oben, wie Stromleitungen aus dem Zug, hoch, runter, hinter der dreckigen Scheibe. Neuer Sitz, der mich nach vorne wiegt, leises Rauschen durch die Sonne, gegenüber ein dickerer Mann, mit Kaffeebecher in der Hand und da stoppt der Zug und der Kaffee schwappt aus dem Becher auf seinen Bauch zu, während weit hinten in meinem Kopf ein schriller Schrei anklingt, sich aufbauscht, sich durch Radovanka|Meine Gehirnwindungen ausbreitet, bis er in voller Lautstärke durch mein Ohr spült, etwas über meinem Gehörgang vielleicht, und ich will mich auf den Boden fallen lassen, die

Ohren zuhalten, mich in den Sand wälzen, aber ich verstehe es nicht und bleibe stehen und auch sonst bewegt sich nichts und ich bleibe stehen und ich kann den Schmerz gar nicht richtig spüren in meinem Ohr oder doch, wie ich stehen bleibe und der Schrei nachlässt und der Schmerz, oder einsetzt und alles langsam wieder in Bewegung und Radovanka|Ich sieht, dass – –

– Ein Zaun um mich herum

– Ein Kind, das sich über den Zaun wirft

– Vom Rücken eines Bären

– Menschen, die kreuz und quer über den Platz rennen

– Eine Gruppe von Kindern, die dicht zusammengedrängt steht

– Ein Elternteil, das zu mir gekommen ist und schreit

– Ein Bär, der über den Platz läuft

– Ein Elternteil, das sich über den Zaun wirft

– Radovan, der der Bär sein sollte

– Radovanka|Ich, die sagt: Radovan

– Der Bär, der im Kreis läuft und grölt

– Ein Elternteil, das über die Zukunft nachdenkt

– Radovan, der der Bär sein sollte

– Radovanka|Ich, die zu ihm hingeht

– Der Bär, der knurrt

– Radovanka|Ich, die dem Bären in die Augen sieht

– Der Bär, der den Kopf neigt

– Die Elternteile, die sich hinter dem Schuppen versteckt haben und die Gruppe Kinder beobachten

– Dazwischen steht Radovanka|Ich gegenüber von einem Bären

– der Bär holt aus

– ich springe zurück

– der Bär strauchelt

– ich sprinte zum Zaun

– der Bär jagt mir nach

– ich drücke mich durch den Zaun

– der Bär dreht ab

– Ich gehe zu einem Holzschuppen

– Menschen kauern hier

– Ich drücke mich zwischen ihnen hindurch, versuche sie nicht zu stören, sie sind sehr aufmerksam und ich will sie nicht ablenken

– Sie lassen sich nicht ablenken, ihre Münder sind gespitzt, die Augen groß, es wird gemurmelt, es scheint etwas passiert zu sein

– ein Kind, eine Frau

– ich schleiche in die letzte Reihe und hocke mich hin, halte mich an Schultern vor mir fest, gucke über die Köpfe

– Wir schauen auf ein großes Wasserbecken

– es wird gespinkst

– es wird sich umgesehen

– es wird zugenickt

– es wird das Gleichgewicht auf den Zehenspitzen verloren

– es wird sich gefangen

– es wird sich aufgerichtet, um die Beine kurz zu strecken

– Drei Holzschiffe tauchen an den Rändern des Beckens auf und fahren in die Mitte

– Die Ohren sind gespitzt, das Wasser rauscht unter den Bugen

– Sie werden von Schildkröten gefahren

– Die Menschen sind gespannt

– Radovanka|Ich kann ihre Augen nicht bewegen

– Dann krachen die Schiffe zusammen:

– der Bug des ersten Schiffes in die Seite des zweiten Schiffes

– der Bug des zweiten Schiffes in die Seite des dritten Schiffes

– der Bug des dritten Schiffes in die Seite des ersten Schiffes

– Die Schiffe kentern

– Die Schildkröten, die die Schiffe gesteuert haben, gleiten mit erhobenen Köpfen ins Wasser, als wollten sie ihre Haare nicht nass machen

– Sie schwimmen durch das Becken und die Augen folgen ihnen

– Wippende Kniegelenke um mich

– Fußspitzenscharren um mich

–Die Schildkröten machen unterschiedliche Sachen

– Einige tauchen ab

– Einige treiben im Wasser umher

– Einige klettern auf die kleinen, gelben Rücken, die im Wasser schwimmen

– Die Rücken wippen, wie Bojen

– Die Schildkröten sonnen sich auf den Körpern

– Die Köpfe bewegen sich nicht
– Radovanka|Meine Augen lassen sich
nicht bewegen
– Zwei Schildkröten klettern von der gleichen Seite
auf einen Rücken
– bis er kippt
  – und die Schildkröten zurück ins Wasser fallen
  – und das blaue Bäuchlein nach oben zeigt und
  –
– Die Menschen|Wir schauen auf den Boden

Automaticman

Şafak Sarıçiçek

Achtsamkeit

Wo ich bin ist es schwarz und das Schwarz gähnt, eine gähnende Schwärze, eine stille Schwärze, und wieder und wieder saust und zischt etwas vorbei. Vorbei. Woran vorbei?
Habe ich es geschafft? Geschafft eine Perspektive einzunehmen, eine Ordnung, eine Gesetzmäßigkeit, kann ich halten, festhalten, kann ich einfrieren?
Sie sagt, das sind meine Gedanken und vielleicht sind da auch keine Gedanken, vielleicht ist da Nichts und anfangs ist das okay, ist das üblich.

Sie sagt, jetzt entfernst du dich von den Gedanken, steige auf, steig langsam auf und blicke wohlwollend hinab. Mit Gleichmut. Ihre Stimme flüstert. Sie ist jenseits der Schwärze.
Außerhalb dieses Raums, in dem ich jetzt schwebe, körperlos, keine Aggregatzustände, kein Schmerz und die Gedanken sind ein Konglomerat, ein Gedankenurbrei, heiß und wütend blubbblubbblubbernd, aber dort unten, ein eigener Biotop, ein Kontinent, vom Urkontinent, dem Gedanken-Pangäa abgestoßen und sie sagt

LEERE

in die das Rot stößt, die immanente Gefahr, der Zustandsstörer, nirgends vorzufinden. Keine Maßnahme, die ich ergreifen kann, um die interne Sicherheit und Ordnung wiederherzustellen, Gefahrenprävention vonnöten, aber ich habe keine Polizei, keine Gefahrenabwehrbehörde, niemand zuständig, keine Standardmaßnahmen dagegen und wo ist die Generalklausel, der Ruheort, wie sie sagte, das Ruhewort, wie sie sagte, die polizeiliche

Generalklausel, die ich aktivieren kann, mit der das Rot verbleicht, verbleicht, wo die Bleiche, die wieder zur Leere führt, in der ich ruhte, das farblose Nichts. Auch jenseits der Schwärze, auch fern von dem Rot, wo ich bin, stößt die Gefahr hinein und ich ahne, die Hände zittern, ich ahne, die Lider flatterflatterflattern. Sie erklärt, das sind deine Gefühle und wieder sagt sie

LEERE

und für einen Moment bin ich leer

bis mich das Rot endgültig erdolcht, Spaceshuttles startexplodieren, alle Neuronenspinnennetze blitzen auf, Mariannengrabenschwärze tut sich auf und schluckt die Röte und überall Pulsieren, Funken, Zischen, Leuchtkerzen und Arme die mich nach unten ziehen meinen Kopf der wächst, die Sekunden verzerren sich – der Schleudergang setzt ein

Schleuder! Schleuder! Schleuder! Die Waschmaschine grinst und sie sagt etwas durch die Waschmaschinenscheibe, haucht dagegen, klopft und in

der Maschine hallt es: Komm wieder zurück, komm langsam wieder zurück. Zurück. Wohin zurück?

Notizen

Notiz 1:

Sechsuhrfünfzehn. Frühstück. Kacheln. Frühstück auf dem Tablett. Mein Rücken schmerzt.

Sie sehen mir zu, ob ich auch schlucke. Am liebsten weiter schlafen.

N 2:

Vogel auf einem Sims. Irgendwo. Ich mag die Fenster nicht. Ich glaub, ich könnte runterspringen. Ich will es eigentlich nicht. Ich glaube und weiß es immer im Januar. Immer im Januar

N 3:

Etwas mit Gestaltung. Ich nehme die Stifte, ich zeichne. Meine Finger Blei. Sie finden es gut.
Aber warum zeichne ich ein Bild mit dem gelben Punkt, und wer ist automaticman fragen sie. Das

N 4:

Frühstück und Mittagessen ganz gut. Manche schreien. Mir ist es egal. Ich mag den Tag mit der Gestaltung. Man will mit mir etwas üben. Manche schlagen sich. Ich will sie wegschlafen.

Will Sie wieder sehen. Ich werde Sie zeichnen.

N 5:

Jeden Tag, den ich überlebe: Ein Strich. Wenn ich lange genug schlucke und schlafe. Es wird
gut. Es muss gut werden. Der Schlaf ist vielleicht kein guter Freund. Ich schreibe nicht mehr.

Striche werden reichen.

OEG- Bahn

Und alle waren so langsam und zugleich so präzise in den Tag gestochen. Ihre Atemzüge waren laut. Die Nasenflügel, man konnte heranzoomen, wenn man will, konnte mehr wahrnehmen und ich nahm war und wusste, ich würde hier finden. Alle Augen waren auf mich gerichtet und ich nahm sie wahr und ich nahm Sie wahr, mit ihren gelben Sneakers, diesem Gelb das noch mehr, noch mehr, noch viel mehr, noch unbändiger, rebellischer hervorstach als die anderen Eindrücke. Der Hintergrund war mit einem Stromschlag durch die Gegenwart augenblicklich matt. Meine Augenapparatur vollkommen, vollkommen, ganz und gar von dem Gelb eingenommen. Es floß Strom durch den Zeitraum. Ich wusste, dass sie die Unbekannte aus dem Raum war, aus dem Traumraum. Damals unbekannt und jetzt lief das Schicksal in dieser Kabine zusammen und zerfloss zusammen mit den Lichtverhältnissen, die Blicke aller zerliefen. Die Bahn war grellgrün, die Bahn strahlte radioaktiv auf, Teilchen spalteten sich und in einer klaren Vision:

das erste Mal mit ihr, die Verlobung, die Heirat, der Tod und die Wiedergeburt, Reinkarnation, Samsara, mal als Hungerlunger, mal als Tiere, immer wieder aufeinandertreffend und die Bilder werden zur Waschtrommel, vor der es kein Entrinnen gibt im Schleuderschleudersschleuder- Modus, im Schleudergang, und dieses erhabene Erkennungszeichen ihrerseits, ihre gelben Schuhe, der gelbe Schuh, im Schleudergang: die Gelbflosse einer Nymphe -SCHLEUDER- wir beide bettlägerig in einem gelben Tuch gewickelt und alt – SCHLEUDER – sie eine Axt mit gelben Griff die tiefe Kerben in mich als Baum, in mein Holz schlägt. Schleuderschleuderschleuder: Andere Bilder, aber unverständliche– ein Mann der weggetragen wird, eine Frau mit gelben Sneakers, Menschen in einer Bahn die zuschauen, wie er sich windet und losreißen will – in der Gehirnwaschtrommel macht sich LEERE breit.

Zuflucht, erste Tage

Die Jalousien waren beinahe perfekte Abschirmungen gegen das Tageslicht. Sie schirmten ihn ab gegen die allgemeine Verantwortung. Sie ließen nur durch ein paar Ritzen Sonne und Nacht durch. Die Verantwortung drang nur in Ritzen durch. Ein Hausmeister der Gras mit seinem Mäher zerschnitt, das elektronische Rad des Postangestellten. Wie das Geräusch einer Angelrute die ausgeworfen wird, nur zeitlich langgestreckt, immer lauter auf einen zukommend, auf die Fische. Eine älter klingende Dame in Rüge- oder im Ernstgespräch mit Hund, als wäre es der Ehemann. Eine andere älter klingende Dame in Beschwichtigung ihres Hundes. Gespräche zwischen den beiden älter klingenden Damen. Fast perfekt abgeschirmt gegen die Tatsache der anderen Menschen, die Mikrouniversen der Anderen. Fast perfekt.

Es fing langsam wieder an, chaotisch zu werden. Er schlief nicht mehr gerne. Er betrat den Raum mit den zahllosen Kästen, wo gegen virtuelle Währungen in dem einem Kasten ein Paar mechanisch

Entkleidung betrieb, um es dann miteinander zu treiben, ein anderer Klick und weitere mechanische Verrenkungen, menschliche Formen, Schamhaare, Brüste, grunzende Frauen, grunzende Männer und mittendrin, er, ohne Schlaf, nach Zuflucht suchend und es fühlte sich nach dem kleinsten gemeinsamen Nenner von einem Zuhause an und wenn ihm die Augen zufielen, fiel er in sein Bett, nur um bald darauf wieder aufzuwachen.

Zuflucht, kurz vor Aufbruch

Die Jalousien waren weiter beinahe perfekt. Die Tage waren vergangen, vielleicht waren sie das auch nicht. Etwas hatte eingesetzt. Wie ein Laser gewann etwas an Klarheit, tief in seinem Kopf drinne. Er wartete nur noch auf ein Signal.

Klick! Kästen überfliegen, überklicken, entkleiden, eindringen, mit seinem Laserfokus–
Ein neuer Kasten: Kein Entkleiden. Reden.

26 Jahre alt, Location: Im Himmel und in Deinen Träumen.

9.500 Leute sitzen mit ihr in dem Kasten. Stupsnase, großmandeläugig, halbgegessene Pizza auf dem Bett. Er wagt einen Beitrag, zeitgleich ihr Blick ihr Lächeln, ein Klick! setzt im Schleuderganghirn ein, ein Lächeln zurück, Gewissheit, dass sie ihn sieht, Gewissheit, dass sie sich kennen, von einem Leben vorher, das schreibt er ihr. 6.000 Leute lesen mit. Sie, geschmeichelt, nicht ganz für voll nehmen – großmandeläugiges Lächeln.
Gelbe Sneakers auf dem Boden hinter ihr. Musik im Hintergrund, ihm gefällt die Musik. Ihm gefällt ihr Lächeln. Jemand schreibt: *You look sad.* Sie schüttelt den Kopf, zieht eine Bong hervor, zieht daran, legt sich zurück. Macht die Augen auf und lächelt ihn an, ihn, in ihren Augen ein Flehen an ihn gerichtet. Klick! Klick! Er denkt, ich muss sie retten. Klick! 1.000 Leute sitzen alle zusammen in dem Kasten. Sie lächelt. Klick!

Er schreibt, dass er jetzt zu ihr kommen wird. Jemand entgegnet, in dem viel zu engen und überfüllten Kasten: you psycho, stop it! Ihr schiefes Lächeln, in seinem Klick!– Schleuderganghirn: Zieh dann deine Sneakers an, so erkenne ich dich, Klick! *user* automaticman was removed from the room, Klickklickklickklick!

Jalousien auf und raus.

Ich halte mich an Regeln

Lilly Bücker

Ich halte mich an Regeln.

Ich halte mich an Regeln.
Ich halte mich an Regeln.
Ich halte mich an Regeln.
Ich halte mich an Regeln.
Ich halte mich an Regeln.
Ich halte mich an Regeln.
Ich halte mich an Regeln.
Ich halte mich an Regeln.
Ich halte mich an Regeln.
Ich halte mich an Regeln.
Ich halte mich an Regeln.
Ich halte mich an Regeln.
Ich halte mich an Regeln.
Ich halte mich an Regeln.

Ich halte mich an Regeln.
Ich halte mich an Regeln.
Ich halte mich an Regeln.
Ich halte mich an Regeln.
Ich halte mich an Regeln.
Ich halte mich an Regeln.
Ich halte mich an Regeln.
Ich halte mich an Regeln.
Ich halte mich an Regeln.
Ich halte mich an Regeln.
Ich halte mich an Regeln.
Ich halte mich an Regeln.
Ich halte mich an Regeln.
Ich halte mich an Regeln.
Ich halte mich an Regeln.
Ich halte mich an Regeln.
Ich halte mich an Regeln.
Ich halte mich an Regeln.
Ich halte mich an Regeln.
Ich halte mich an Regeln.
Ich halte mich an Regeln.
Ich halte mich an Regeln.
Ich halte mich an Regeln.

Ich halte mich an Regeln.
Ich halte mich an Regeln.
Ich halte mich an Regeln.
Ich halte mich an Regeln.
Ich halte mich an Regeln.
Ich halte mich an Regeln.
Ich halte mich an Regeln.
Ich halte mich an Regeln.
Ich halte mich an Regeln.
Ich halte mich an Regeln.
Ich halte mich an Regeln.
Ich halte mich an Regeln.
Ich halte mich an Regeln.
Ich halte mich an Regeln.
Ich halte mich an Regeln.
Ich halte mich an Regeln.
Ich halte mich an Regeln.
Ich halte mich an Regeln.
Ich halte mich an Regeln.
Ich halte mich an Regeln.
Ich halte mich an Regeln.
Ich halte mich an Regeln.
Ich halte mich an Regeln.

Ich halte mich an Regeln.
Ich halte mich an Regeln.
Ich halte mich an Regeln.
Ich halte mich an Regeln.
Ich halte mich an Regeln.
Ich halte mich an Regeln.
Ich halte mich an Regeln.
Ich halte mich an Regeln.
Ich halte mich an Regeln.
Ich halte mich an Regeln.
Ich halte mich an Regeln.
Ich halte mich an Regeln.
Ich halte mich an Regeln.
Ich halte mich an Regeln.
Ich halte mich an Regeln.
Ich halte mich an Regeln.
Ich halte mich an Regeln.
Ich halte mich an Regeln.
Ich halte mich an Regeln.
Ich halte mich an Regeln.
Ich halte mich an Regeln.
Ich halte mich an Regeln.
Ich halte mich an Regeln.

Ich halte mich an Regeln.
Ich halte mich an Regeln.
Ich halte mich an Regeln.
Ich halte mich an Regeln.
Ich halte mich an Regeln.
Ich halte mich an Regeln.
Ich halte mich an Regeln.
Ich halte mich an Regeln.
Ich halte mich an Regeln.
Ich halte mich an Regeln.
Ich halte mich an Regeln.
Ich halte mich an Regeln.
Ich halte mich an Regeln.
Ich halte mich an Regeln.
Ich halte mich an Regeln.
Ich halte mich an Regeln.
Ich halte mich an Regeln.
Ich halte mich an Regeln.
Ich halte mich an Regeln.
Ich halte mich an Regeln.
Ich halte mich an Regeln.
Ich halte mich an Regeln.
Ich halte mich an Regeln.

Ich halte mich an Regeln.
Ich halte mich an Regeln.
Ich halte mich an Regeln.
Ich halte mich an Regeln.
Ich halte mich an Regeln.
Ich halte mich an Regeln.
Ich halte mich an Regeln.
Ich halte mich an Regeln.
Ich halte mich an Regeln.
Ich halte mich an Regeln.
Ich halte mich an Regeln.
Ich halte mich an Regeln.
Ich halte mich an Regeln.
Ich halte mich an Regeln.
Ich halte mich an Regeln.
Ich halte mich an Regeln.
Ich halte mich an Regeln.
Ich halte mich an Regeln.
Ich halte mich an Regeln.
Ich halte mich an Regeln.
Ich halte mich an Regeln.
Ich halte mich an Regeln.
Ich halte mich an Regeln.

Ich halte mich an Regeln.
Ich halte mich an Regeln.
Ich halte mich an Regeln.
Ich halte mich an Regeln.
Ich halte mich an Regeln.
Ich halte mich an Regeln.
Ich halte mich an Regeln.
Ich halte mich an Regeln.
Ich halte mich an Regeln.
Ich halte mich an Regeln.
Ich halte mich an Regeln.
Ich halte mich an Regeln.
Ich halte mich an Regeln.
Ich halte mich an Regeln.
Ich halte mich an Regeln.
Ich halte mich an Regeln.
Ich halte mich an Regeln.
Ich halte mich an Regeln.
Ich halte mich an Regeln.
Ich halte mich an Regeln.
Ich halte mich an Regeln.
Ich halte mich an Regeln.
Ich halte mich an Regeln.

Ich halte mich an Regeln.
Ich halte mich an Regeln.
Ich halte mich an Regeln.
Ich halte mich an Regeln.
Ich halte mich an Regeln.
Ich halte mich an Regeln.
Ich halte mich an Regeln.
Ich halte mich an Regeln.
Ich halte mich an Regeln.
Ich halte mich an Regeln.
Ich halte mich an Regeln.
Ich halte mich an Regeln.
Ich halte mich an Regeln.
Ich halte mich an Regeln.
Ich halte mich an Regeln.
Ich halte mich an Regeln.
Ich halte mich an Regeln.
Ich halte mich an Regeln.
Ich halte mich an Regeln.
Ich halte mich an Regeln.
Ich halte mich an Regeln.
Ich halte mich an Regeln.
Ich halte mich an Regeln.

Ich halte mich an Regeln.
Ich halte mich an Regeln.
Ich halte mich an Regeln.
Ich halte mich an Regeln.
Ich halte mich an Regeln.
Ich halte mich an Regeln.
Ich halte mich an Regeln.
Ich halte mich an Regeln.
Ich halte mich an Regeln.
Ich halte mich an Regeln.
Ich halte mich an Regeln.
Ich halte mich an Regeln.
Ich halte mich an Regeln.
Ich halte mich an Regeln.
Ich halte mich an Regeln.
Ich halte mich an Regeln.
Ich halte mich an Regeln.
Ich halte mich an Regeln.
Ich halte mich an Regeln.
Ich halte mich an Regeln.
Ich halte mich an Regeln.
Ich halte mich an Regeln.
Ich halte mich an Regeln.

Ich halte mich an Regeln.
Ich halte mich an Regeln.
Ich halte mich an Regeln.
Ich halte mich an Regeln.
Ich halte mich an Regeln.
Ich halte mich an Regeln.
Ich halte mich an Regeln.
Ich halte mich an Regeln.
Ich halte mich an Regeln.
Ich halte mich an Regeln.
Ich halte mich an Regeln.
Ich halte mich an Regeln.
Ich halte mich an Regeln.
Ich halte mich an Regeln.
Ich halte mich an Regeln.
Ich halte mich an Regeln.
Ich halte mich an Regeln.
Ich halte mich an Regeln.
Ich halte mich an Regeln.
Ich halte mich an Regeln.
Ich halte mich an Regeln.
Ich halte mich an Regeln.
Ich halte mich an Regeln.

Ich halte mich an Regeln.
Ich halte mich an Regeln.
Ich halte mich an Regeln.
Ich halte mich an Regeln.
Ich halte mich an Regeln.
Ich halte mich an Regeln.
Ich halte mich an Regeln.
Ich halte mich an Regeln.
Ich halte mich an Regeln.
Ich halte mich an Regeln.
Ich halte mich an Regeln.
Ich halte mich an Regeln.
Ich halte mich an Regeln.
Ich halte mich an Regeln.
Ich halte mich an Regeln.
Ich halte mich an Regeln.
Ich halte mich an Regeln.
Ich halte mich an Regeln.
Ich halte mich an Regeln.
Ich halte mich an Regeln.
Ich halte mich an Regeln.
Ich halte mich an Regeln.
Ich halte mich an Regeln.

Ich halte mich an Regeln.
Ich halte mich an Regeln.
Ich halte mich an Regeln.
Ich halte mich an Regeln.
Ich halte mich an Regeln.
Ich halte mich an Regeln.
Ich halte mich an Regeln.
Ich halte mich an Regeln.
Ich halte mich an Regeln.
Ich halte mich an Regeln.
Ich halte mich an Regeln.
Ich halte mich an Regeln.
Ich halte mich an Regeln.
Ich halte mich an Regeln.
Ich halte mich an Regeln.
Ich halte mich an Regeln.
Ich halte mich an Regeln.
Ich halte mich an Regeln.
Ich halte mich an Regeln.
Ich halte mich an Regeln.
Ich halte mich an Regeln.
Ich halte mich an Regeln.
Ich halte mich an Regeln.

Ich halte mich an Regeln.
Ich halte mich an Regeln.
Ich halte mich an Regeln.
Ich halte mich an Regeln.
Ich halte mich an Regeln.
Ich halte mich an Regeln.
Ich halte mich an Regeln.
Ich halte mich an Regeln.
Ich halte mich an Regeln.
Ich halte mich an Regeln.
Ich halte mich an Regeln.
Ich halte mich an Regeln.
Ich halte mich an Regeln.
Ich halte mich an Regeln.
Ich halte mich an Regeln.
Ich halte mich an Regeln.
Ich halte mich an Regeln.
Ich halte mich an Regeln.
Ich halte mich an Regeln.
Ich halte mich an Regeln.
Ich halte mich an Regeln.
Ich halte mich an Regeln.
Ich halte mich an Regeln.

Ich halte mich an Regeln.
Ich halte mich an Regeln.
Ich halte mich an Regeln.
Ich halte mich an Regeln.
Ich halte mich an Regeln.
Ich halte mich an Regeln.
Ich halte mich an Regeln.
Ich halte mich an Regeln.
Ich halte mich an Regeln.
Ich halte mich an Regeln.
Ich halte mich an Regeln.
Ich halte mich an Regeln.
Ich halte mich an Regeln.
Ich halte mich an Regeln.
Ich halte mich an Regeln.
Ich halte mich an Regeln.
Ich halte mich an Regeln.
Ich halte mich an Regeln.
Ich halte mich an Regeln.
Ich halte mich an Regeln.
Ich halte mich an Regeln.
Ich halte mich an Regeln.
Ich halte mich an Regeln.

Ich halte mich an Regeln.
Ich halte mich an Regeln.
Ich halte mich an Regeln.
Ich halte mich an Regeln.
Ich halte mich an Regeln.
Ich halte mich an Regeln.
Ich halte mich an Regeln.
Ich halte mich an Regeln.
Ich halte mich an Regeln.
Ich halte mich an Regeln.
Ich halte mich an Regeln.
Ich halte mich an Regeln.
Ich halte mich an Regeln.
Ich halte mich an Regeln.
Ich halte mich an Regeln.
Ich halte mich an Regeln.
Ich halte mich an Regeln.
Ich halte mich an Regeln.
Ich halte mich an Regeln.
Ich halte mich an Regeln.
Ich halte mich an Regeln.
Ich halte mich an Regeln.
Ich halte mich an Regeln.

Ich halte mich an Regeln.
Ich halte mich an Regeln.
Ich halte mich an Regeln.
Ich halte mich an Regeln.
Ich halte mich an Regeln.
Ich halte mich an Regeln.
Ich halte mich an Regeln.
Ich halte mich an Regeln.
Ich halte mich an Regeln.
Ich halte mich an Regeln.
Ich halte mich an Regeln.
Ich halte mich an Regeln.
Ich halte mich an Regeln.
Ich halte mich an Regeln.
Ich halte mich an Regeln.
Ich halte mich an Regeln.
Ich halte mich an Regeln.
Ich halte mich an Regeln.
Ich halte mich an Regeln.
Ich halte mich an Regeln.
Ich halte mich an Regeln.
Ich halte mich an Regeln.
Ich halte mich an Regeln.

Ich halte mich an Regeln.
Ich halte mich an Regeln.
Ich halte mich an Regeln.
Ich halte mich an Regeln.
Ich halte mich an Regeln.
Ich halte mich an Regeln.
Ich halte mich an Regeln.
Ich halte mich an Regeln.
Ich halte mich an Regeln.
Ich halte mich an Regeln.
Ich halte mich an Regeln.
Ich halte mich an Regeln.
Ich halte mich an Regeln.
Ich halte mich an Regeln.
Ich halte mich an Regeln.
Ich halte mich an Regeln.
Ich halte mich an Regeln.
Ich halte mich an Regeln.
Ich halte mich an Regeln.
Ich halte mich an Regeln.
Ich halte mich an Regeln.
Ich halte mich an Regeln.
Ich halte mich an Regeln.

Ich halte mich an Regeln.
Ich halte mich an Regeln.
Ich halte mich an Regeln.
Ich halte mich an Regeln.
Ich halte mich an Regeln.
Ich halte mich an Regeln.
Ich halte mich an Regeln.
Ich halte mich an Regeln.
Ich halte mich an Regeln.
Ich halte mich an Regeln.
Ich halte mich an Regeln.
Ich halte mich an Regeln.
Ich halte mich an Regeln.
Ich halte mich an Regeln.
Ich halte mich an Regeln.
Ich halte mich an Regeln.
Ich halte mich an Regeln.

Gänseblume

Katharina Hopp

Das Holz ist zur größten Fläche glasiert. Nur in den Ecken finden sich kleine, sich absprengende Splitter. Sie wollen etwas Besonderes sein. Sie wollen es sein, die mit ihrer unbiegsamen Kraft das labyrinthartig angeordnete Muster der Finger unterbrechen. Die Haut durchdringen, sich unter die Haut begeben, von außen sichtbar, aber nicht zu erreichen.

T

Vorgestern hat er das letzte Mal die Gänseblümchen auf den Fensterbänken bewässert. Erna hat neben ihm gestanden, die kleinen Füße in großen Pantoffeln, rosa Pantoffeln. Um den Hals ein roter Rosenkranz. Sie hat ihren Kopf zu nah an seinen

Hals gedreht und auch wenn sie klein ist, ist sie unglaublich fett. Und mit ihrer fettigen Stimme hat sie ihm über die Brücke seines Halses in sein rechtes Ohr geschrien. Sie hat geschrien: „Du vertrocknest meine Blumen, meine Gänseblumen!“ Obwohl das jeden Tag passiert – und noch nie hat sie ihre Gänseblumen verniedlicht – obwohl das täglich passiert, hat er sich erschrocken. Vor allem hat sich seine Hand erschrocken und er ließ die pinke Gießkanne aus Reflex los und reflexartig fing er sie. Das alles geschah in Sekundenscherben und das Auffangen ließ einen so großen Schwall aus der Kanne schwingen, dass die feinen Stiele rüttelten.

„Du ertränkst meine Gänseblumen, du dummes Kind“, schrie Erna, die auf seine andere Seite gewatschelt war, die sein anderes Ohr zu ihrem Hörgerät machte.

o

Er betrachtet die Holzsplitter. Manche sind mit vor Altersschwäche wattigen Spinnweben umhüllt, manche von Dreck. Unter einem Aufschrei und einer schnellen Handbewegung sammelt er die Splitter ein. Er könnte ein Nussknacker sein, seine Kinnlade hängt nach unten, in Erwartung von spitzem Schmerz oder einer Walnuss, seine Hände aus Holz. Er will gern alle Splitter zu etwas Besonderem machen und weint, als er versteht, dass dies ein dummes Unterfangen ist, dass er einen Irrtum als Stuhl benutzt. So ist für ihn das Besondere das Einzigartige.

Er wird später mit einer Nadel alle Splitter, außer dem einen, dem tatsächlich Wichtigen, hervorholen müssen. Und diesen einen wird er als Experiment mit sich tragen, seinen Körper dazu herausfordern, ihn als Teil von sich zu belassen, in die Zellmaterie einzubauen.

„Ah, was könnte ich nur glauben, was könnte ich nur glauben, das mir gelang“, er summt, er summt in derselben Melodie, wie das Vaterunser gesprochen wird.

T

Mit den jetzt aufgerissenen Fingern hat er die Gänseblümchen berührt, die weißen Blätter gekitzelt. „Nimm die Patsche-Hände weg“, die fette Erna schlägt ihm behutsam auf die Finger.

„Was wird denn der Gott denken, wenn mein Junge so feine Finger und so weiche Haut hat?
Na, na, na. Nimm die Gießkanne und trink aus“, sie schaufelt vom Rand des Topfes dreifingervoll Erde und gibt sie dem Wasser zu. „Dreck reinigt nicht nur den Magen, Dreck reinigt auch Dreck.“ Erna schenkt ihm das großartigste Lächeln. Die Zähne hat sie sich vor einem Monat abgeholt und sie sind weißer als die Gänseblümchenhaut.
„Danke, danke“, dankt er, schlägt den Kopf in den Nacken und lässt die Gießkanne in seinen Mund rieseln.
Das Wasser schmeckt nach Zitronenlimonade, wenn er an Zitronen denkt und deswegen denkt er an Zitronen. Manchmal schmeckt es wie Blut. Mit den Augen bemisst er die Deckenwand, sie ist schattiert in verschiedenen Tönen von rosa, sie sieht aus wie ein ausgeweidetes Schwein von Innen.

S

Das Glas ist beschlagen von seinem Singen, er zählt sieben Spucketropfen, derjenige, der für *Zorn* steht, ist nach *Hochmut* der größte. Mit dem Splitter in seinem linken Zeigefinger verbindet er die Tropfen, freut sich über die Funktion als Pinsel. Wie Malen nach Zahlen ist das, er prustet noch ein bisschen mehr Spucke auf das Glas.

C

„Ob du das Fenster putzen kannst“, hat sie geschrien, die lila pulsierende Vene an der Stirn, er hat sie später in den Schädel gedrückt, damit ihre Haut endlich glatt ist. Erna war keine böse Frau, nur ein böser Mensch, der zu viel Boshaftigkeit ertragen hat.

Irgendwann, so hat sie ihm erzählt, hat sie so viel Boshaftigkeit geschluckt, hat ihren Körper damit angefüllt – deswegen sei sie auch so fett. „Du bist, was du isst, und du isst, was du bist“, sie konnte nichts dafür. Einmal hatte sie ihm die Hand gereicht, da war er noch weitaus jünger gewesen, er war hingefallen und hatte sich das ganze Gesicht aufgeschürft. Ein Mädchen hatte ihn ausgelacht, „Frank, Frank, lag da ein Stein, du Frankenstein!“, da ist Erna zu ihm hingegangen, hat ihm aufgeholfen, ist mit fünf Entenschritten zu dem Mädchen getreten, hat sich zweimal umgesehen. Und hat ihr

drei Ohrfeigen auf die Wange gelegt, als wäre ihre Wange ein Bett und Ernas Hand die Decke.
Zu Hause hat er „Dankeschön“ gesagt und Erna hat die Gießkanne genommen, den Gänseblümchen zu trinken gegeben und ihm ein Sprudelwasser hingestellt, die kleinen Bläschen haben seinen Gaumen gekitzelt, sodass er lachen musste. Dass er fast bemerkt hätte, dass das Wasser eigentlich Sekt war und Erna den Sekt von ihrem neuen Liebhaber hatte, der sie für ein paar Wochen zart machte.

H

Er öffnet, eröffnet der Welt. Es ist unendlich kalt draußen, die Vögel stechen sich gegenseitig die Augen aus, wenn sie keine Würmer mehr finden, die sind nämlich erfroren. Seine Augenbrauen frieren zusammen, er kann sie nicht mehr bewegen. Er blickt nach unten, dort laufen Ameisen mit Taschen und anderen Ameisen an der Hand herum.

L

Er hat die Gänseblümchen aus den Töpfen gezogen, es hat ihn wütend gemacht, dass er sie nicht abreißen konnte. Aber ihre Wurzeln waren so zart, dass er sie einfach herauspflücken konnte, ohne dass sie Schaden nahmen. Er dachte immer, dass sie fest verwurzelt sind. Erna hatte sich auf den Boden gelegt. Sie war stumm, ihr Atem war heiß und fettig. „Dass du einen Dornenkranz um den Hals trägst", sagt er ganz leise an ihr Ohr, während er den Rosenkranz weiter eindreht, bis er Ernas Haut verdreht und sie die Augen dann endlich auch.

A

Die Hände hat er links und rechts gespreizt, hockt da auf dem Fensterbrett, hofft darauf, dass Erna ihn endlich schubst. Denn er weiß erst jetzt, niemand steigt aus einem Rahmen, es ist immer ein Fall.

G

Höhenstraße

Sebastian Schwarz

Während reihenweise Alkolenker
still im Straßengraben lagen
und sich tote Rabenfedern
auf die Pflastersteine legten.
Während schwarz der helle Himmel
eingeäschert vom Vulkanstaub wehte,
fuhr ich luftentleerte Reifengummis
einen schönen Straßenschutt entlang.
Ästelose Pfeiler zierten
parallel die starre Gegend;
während die CDs am Nebensessel

rasselnd aufeinander schlugen,
fielen hart Gitarrensaiten
auf die trübe Windschutzscheibe.
Das vom Sturm zerstörte Radio
knackte komisch vor sich hin,
wie ein fremdes Lied der Zukunft,
das ich nun als erster hörte.

BENEDIKT STEINER

Hellraum

Benedikt Steiner

lust   knistert
im schallruf durchs blau –
nie mand ant
wort & dunk elle der stern
oben,   hoch im
glitzer   klimm klimm perlt
             das gestell am
schnitt   ab : forell
                           en
             im bachlauf
             still stehend
             gegen den
             strom : kühl
             die zeitwand –
ich   wendet sie
                           einmalmeer

Ich habe den Tod gesehen

Ammiel Matteis

„Kommst du jetzt bald raus oder muss ich erst den Direktor holen?“, fragt der Lehrer.

Der Junge kauert auf dem Bett, hat die Hände unter seine schmalen Beine geschoben und schaut mit ziemlich leerem Blick auf. „Ich habe den Tod gesehen“, murmelt er.

„Was?“ Der Lehrer hat zwar ein wenig Mitleid mit dem Kleinen, aber viel Geduld hat er nicht. „Du bist doch wirklich nicht ganz richtig im Kopf! Hat dir eine Nacht nicht gereicht?“

„Da, wo Sie jetzt stehen.“

Der Lehrer steht in der Tür, eine Lampe in der Hand. Er schaut an sich herab.

„Hier hast du den Tod gesehen?", schnaubt er spöttisch.

„Heute Nacht."

„Du hast geträumt, mein Lieber."

„Nein."

„Natürlich hast du geträumt!"

„Er hat die Tür aufgemacht und ist reingekommen."

„Freundchen, ich warne dich ..."

„Er ist mit der Sense am Türrahmen hängengeblieben." Die Stimme des Jungen kommt wie aus weiter Ferne. Sein Blick schweift ab.

Stirnrunzelnd inspiziert der Lehrer die Tür. Direkt über ihm ist eine Kerbe im alten, abgewetzten Holz. Eine frische Kerbe, die hell hervorsticht.

„Was hast du gemacht?", ruft er. Seine Ungeduld wird zu Wut, die heiß aufflammt. „Du wolltest wohl ausbrechen, gib's zu, Bürschchen!"

Der Junge schaut abwesend zu Boden.

Der Lehrer überlegt. Die Kerbe hat dort nur ins Holz kommen können, während die Tür offenstand. Aber es gibt für die Tür nur zwei Schlüssel, von denen er einen immer bei sich trägt. Außerdem war niemand im Keller, seit er selbst ihn gestern Abend verlassen hat. Ganz bestimmt nicht.

War die Kerbe gestern schon dagewesen?

„Wenn du jetzt rauskommst“, meint er in milderem Tonfall, „erzähle ich dem Direktor vielleicht nichts davon.“

Der Junge scheint ihn nicht gehört zu haben.

„Findest du nicht, dass du ein bisschen zu alt für solche Kindereien bist? Komm jetzt raus!“

Der Junge ist elf. „Ich geh nicht durch die Tür“, murmelt er. „Ich muss dann sterben.“

„Willst du vielleicht für immer hier drinbleiben?“ Die Augen des Lehrers funkeln. „Los jetzt, es reicht! Komm sofort da raus!“

Darauf erwidert der Junge nichts.

Der Lehrer betrachtet ihn genau und geht davon aus, dass der Schüler keinen Spaß mit ihm treiben will. Der Junge glaubt, was er sagt.

„Wie soll denn der Tod hier reingekommen sein?“, fragt er langsam.

„Ich weiß nicht.“

„Hat er denn auch was gesagt?“

„Nein", lügt der Junge leise. „Er hat mich nur angeschaut."

„Wie sah er denn aus?"

„Wie der Tod."

Der Lehrer verdreht die Augen. „Ich gehe jetzt", meint er. „Wenn du in fünf Minuten nicht auf deinem Zimmer bist, rufe ich den Direktor."

Er lässt die Tür sperrangelweit offen und geht in sein Arbeitszimmerchen.

Der Junge sitzt im Halbdunkel auf dem Bett und schaut zur Tür, wo hell die Kerbe leuchtet.

Er erinnert sich, wie er gestern Abend nicht einschlafen konnte. Zwar war es längst nicht seine erste Nacht hier unten gewesen, aber draußen hatte es geblitzt und gedonnert und geregnet, und das hatte ihn wachgehalten. Er hatte das Ächzen und Stöhnen gehört, das durch die Wände ging, und durch das kleine vergitterte Fenster unter der Decke war ein flackernder Lichtschein eingedrungen, der die Schatten zum Zucken brachte.

Ruhig hatte der Junge dagelegen und bedächtig dem Gewitter gelauscht. Erst mit den Schritten auf dem Flur kam die Angst.

Die Schritte waren leise und gingen im Prasseln des Unwetters immer wieder unter; aber sie näherten sich unaufhaltsam, bis jemand direkt vor dem Karzer stehenblieb.

Der Junge fühlte sich wie gelähmt. Das Schloss knackte, dann schwang die Pforte auf und der Tod stand in der Tür. Der Junge wagte es nicht, den Blick von der Gestalt abzuwenden.

Als der Tod eintrat, blieb seine Sense am Türrahmen hängen.

Er verharrte einige Zeit vor dem Bett und betrachtete den Jungen, der sich nicht bewegte. Dann sprach er zu ihm, leise, ernst. Endlich ging er wieder und schloss die Pforte hinter sich.

Jetzt hockt der Junge auf dem Bett und scheint gar nicht mehr da zu sein.

Eine Viertelstunde vergeht, bevor der Lehrer zurückkommt. Er sieht den Schüler an und schüttelt traurig den Kopf, dann tritt er ein und setzt sich neben ihn.

„Findest du das nicht albern?"

„Nein", flüstert der Junge.

„Der Unterricht fängt bald an."

Der Junge zuckt kraftlos mit den Schultern.

Der Lehrer brennt darauf, die Sache endlich zu beenden. „Willst du wirklich, dass ich den Direktor hole?“

„Ich muss sterben, wenn ich rausgehe.“

Der Lehrer erhebt sich. „Letzte Warnung.“

Der Junge schaut zu ihm hoch und antwortet nicht.

Der Lehrer geht zum Direktor und berichtet von der Situation.

„Das kann ja wohl nicht Ihr Ernst sein!“, grollt der Direktor. „Was soll denn das? Sehe ich so aus, als hätte ich Zeit für so einen Schwachsinn?“

„Nein“, antwortet der Lehrer kleinlaut.

„Dann nerven Sie mich auch nicht damit!“

„Aber wenn er doch nicht rauskommen will.“

„Sie sind ja wohl nicht ganz dicht! Machen Sie diesem dreckigen Lümmel gefälligst Beine!“

Der Lehrer schweigt und senkt den Blick. Seine Wangen glühen.

„Verfluchter Nichtsnutz!“, faucht der Direktor, springt aus seinem Sessel und stürmt voller Zorn in den Keller. Seine dröhnenden Schritte hallen dumpf von den Wänden wider.

Der Junge sitzt immer noch auf dem Bett und schaut zur Kerbe am Türrahmen auf.

„Du verdammter Bengel!“, donnert der Direktor, als er sich durch die Pforte zwängt. Er kommt über den Schüler wie eine Naturgewalt.

Der Junge heult auf und hebt schützend die Arme.

Der Direktor gibt ihm eine krachende Ohrfeige. Der Junge schreit und schluchzt. Als der Direktor ihn durch die Pforte zerrt, hält der Junge sich dort am Rahmen fest. Der Direktor tobt und flucht und schlägt auf ihn ein. Schnell hat er den Knaben überwältigt und schleppt ihn durchs Schulhaus in sein Büro, wo er ihn auf den Tisch wirft und den Stock von der Wand reißt. Er wird ihn prügeln, wie er nie zuvor jemanden geprügelt hat. Er bringt ihn um, darin besteht kein Zweifel.

Der Steg, das Wasser und der Schwan

Lena Wenzel

Wenn man Hunger hat, soll man etwas essen. Das hat meine Großmutter immer zu mir gesagt und sie muss es wissen, denn sie ist eine kluge Frau. Vor allem, wenn es um Essen geht.

Ich gehe den Steg entlang, komme dem Wasser immer näher. Der Wind reißt an meinen Haaren. Unter meinen Schritten raschelt das Laub, in allen Farben des Feuers leuchtet es und hüllt den November in einen lichterlohen Traum aus orangeroten Blattskeletten. Ich folge dem Steg bis zu seinem Ende. Ich bücke mich und mein Knie knackst, Schmerz durchzuckt mich. Das Wasser liegt vor mir glatt wie ein Spiegel. Ich betrachte mich darin. Die Haare fallen mir nach vorne. Ich komme mir ein wenig entrückt vor. In meinen Augen glänzt Hunger. Ich denke an Großmutters Plätzchen und an Crème brûlée. Ich durchschneide mit meiner Hand die Wasseroberfläche. Sie rillt und kräuselt sich, gleitet in Wellen davon, deren Mittelpunkt ich bin. Mein Spiegelbild verschwimmt, Falten und Risse entstehen. Als sich meine Fingerspitzen an die Kälte gewöhnt haben, tunke ich meine ganze Hand hinein, mal balle ich sie zu einer Faust, mal strecke ich sie aus, sodass das kalte Wasser zwischen meine einzelnen Finger hindurchrinnt. Meine Hand wird taub und es fühlt sich an als verselbstständigten sich meine Finger.

Ist das noch meine Hand?

Ich bekomme Angst und ziehe meine Hand schnell aus dem Wasser heraus. Als sich dabei auch mein Blick aufrichtet, sehe ich wie ein Schwan mit gelben Augen auf mich zu schwimmt. Das Seltsame an dem Schwan sind aber nicht seine auffallend gelben Augen, sondern sein Gefieder, schwarz wie Pech.

Ich habe noch niemals zuvor einen schwarzen Schwan gesehen und muss mir deshalb unweigerlich die Frage stellen, ob ich mir den Schwan in seinem schwarzen Kleid nur einbilde und er herausgeschwappt ist, einer zauberhaften Spiegelwelt entnommen. Er ist mir jetzt so nah, dass ich glaube, sein Lächeln zu erkennen. Ich weiß, was er denkt und was er will, denn ich spüre seinen Hunger in meinem Bauch.

„Manche Dinge weiß man, auch wenn man sie nicht sieht", kritzle ich auf vergilbtes Papier.
„Erneut greife ich in das kalte Wasser, aber dieses Mal nicht so zaghaft, sondern ganz so, als könnte ich dort etwas ergreifen, das ich über der Wasseroberfläche nicht sehen kann", dokumentiere ich weiter. Während ich schreibe, fällt mir auf, dass der Daumen meiner rechten Hand, die den Stift hält und führt, dreckig ist. Es ist grünlich, als hätten sich Algen darunter eine neue Heimat gesucht. Mein Blick fällt auf meine restlichen Fingernägel und ich muss feststellen, dass sie alle ein bisschen grün sind.
„Ich griff nichts, aber es fühlte sich an, als würde ich ein Teil des Sees, des Wassers werden. ‚Lebensfluss' schießt es mir in den Kopf, während ich aufblicke und sehe, dass ich den Schwan nicht mehr sehe. Doch nur eine Einbildung?"

Ich denke schwarz. Ich denke schwan. Schwanengrinsend sitze ich am Tisch. Vor mir das offene Fenster.

„Ich stehe auf und gehe den hölzernen Steg entlang. Zurück zur Wiese, zurück nach Hause. Ich habe Hunger, aber esse nichts. Ich schreibe es erst auf, bevor ich es vergesse und es verschwindet. Einfach so, als wäre es nie gewesen.“ Aber ist es das überhaupt? Frage ich mich, während ich schreibe.

„Wir erleben so einige Dinge und erleben sie doch nicht, weil sie vergessen werden.“ Es fühlt sich an, als wüchsen Schwimmhäute zwischen meinen Fingern, aber als ich nachschaue, sehen sie aus wie immer. Ich schiebe den Stuhl zurück. Stehe auf. Bevor ich gehe, schließe ich das Fenster.

„Ich werde im Restaurant sitzen. Kein Schickes. Nur eins mit Tisch, einem Stuhl und einer Bestellkarte. Es soll nur seinen Zweck erfüllen. Meinen Lebenshunger zu stillen etwa. ‚Stehen Sie zu Ihren Sehnsüchten‘, wird der Kartenmann zu mir sagen, während er mir die Speisekarte reicht und schnellen Schrittes zum nächsten Tisch eilt. Ich werde meine

Hände mit ihren grüngefärbten Fingernägeln nach der Karte ausstrecken. Natürlich hatte ich sie zuvor gewaschen, aber manche Dinge bleiben haften und verweilen noch ein bisschen, bevor sie verschwinden. Ich werde nachsehen, was heute auf der Karte steht. Ich werde etwas Neues probieren wollen. Toter Biber, halber Fisch, rennende Gans und auf der letzten Seite, ganz unten, schwarzer Schwan."

nenneR

Katharina Böckmann

Ich renne.

Geschwindigkeit.

Ich bin getrieben – deshalb renne ich.

Immer weiter.

Getrieben von.

Die Dämmerung bricht.

Die Reflexion vom Laternenlicht – gebrochen.

In der Reflexion erkenne ich mich nicht mehr oder nicht weniger, oder ganz oder gar oder etwas war nie da.

Ob es ein Versprechen gibt?

Vertrauen als Trauung von Welt und Ich im Saal mit Neonlicht und kontrastreichem Schattenspiel, welches sich vor dem Schwur versteckt.

Eine sich selbst versprechende Inszenierung, die nicht gefunden werden möchte.

Also renne ich.

Vor mir strömt der Nebel umher.

In der Seitenstraße schallt.

Eine Radfahrerin überholt mich.

Katzenaugen leuchten.

Sogar aus den Fenstern sehen mich Augen an.

Im Hintergrund ein Katzenposter.

Sich in Spannung versetzen.

Sich auf den Angriff vorbereiten.

Breitgemacht.

Eine Szenerie.

Angespannte Klammern und Henkel bewegen sich um sich selbst herum. Sie schwingen, sie verharren, sie kämpfen mit Fairness, mit den Unannehmlichkeiten der Vernunft, mit Gebärden der Direkt- und Offenheit.

Gespannt ist ein Faden, an dem die Klammern klemmen und die Henkel hängen. Doch wie verhält sich ein Faden mit nur einem Ende?

Ein Faden ohne Anker, ohne Zuversicht?

Eine Spur.

Fäden ziehen Spuren.
Doch was passiert, wenn sie verschlossene Ohren haben?
Hören Sie?
Konnotationen verblassen.
Konventionen im Ventilator zum Dogma konvertiert.
Ich visiere.
Ich renne.
Meine Lider spannen.
Meine Mundwinkel.
Welche Sicht mir bleibt?
Saftig beleibte Lichterketten im Vorgarten.
Eine Versammlung.
Einsame Wurzeln, trockene Äste und verweinte Blätter – an der Hauswand hängend.
Im Vorbeirauschen vermag ich zu erkennen, dass niemand zuhört. Sollte nicht mal mehr der Weihnachtsstern im Kübel leuchten, wer sammelt dann noch Stimmen?
Chorgesänge der Berechtigung zur Welt, welche mit der Gegenwart verkehrt, verschlucken sich.
Schlicksand.

Also renne ich noch schneller.

Und schneller.

Hinter mir lasse ich Verschlungenheiten.

Gewohnheiten haben die Aufmerksamkeit verschlungen, die Reflexion gefressen und den Schlick zum Mahl serviert.

Es fängt an zu regnen.

Muttermale fallen vom Himmel.

Der Sand im Transit von Farbnuancen.

Nuancen, die von der Gewohnheit noch nicht begriffen worden sind.

Also greift das Wohnen ein Zuhause an.

Immer zu.

Auch beim nächsten Mal.

Angegriffen.

„Offenheit" hat der Bürgersteig noch nie begriffen.

Die Kanalisation lädt mal wieder zu sich ein.

Alles und Nichts, ohne Rücksicht auf Verluste, dem längst Verloren- und Vergessenem.

Haarspitzen, abgeknipste Fingernägel, Spülmittel und Farbnuancen machen sich auf den Weg.

Spuren einst gebackener Brezeln im Ofen stehen in den Startlöchern.

Die Kerzenstummel, Tabak-Krümel und Kronkorken sind schon längst da.

Keine Versammlung, sondern eine Samenlandschaft der Verstoßenen im Untergrund, im Dunkeln – mit feinstem Gesöff in Warben, Schwärmen und Haufen untergekommen.

Die Säure der Verantwortung in der Verkleidung eines Siebs, welches versucht die Partikel der Gerechtigkeit herauszukeschern, um diese an jene Mauern zu kleben, die zeigen. Mauern, die sich erheben.

Mauern. Rennen.

Länge. Schneller.

Höhe. Atem.

Waffen. Keuchen.

Willkür. Durst.

Der Morgen – ein vielversprechendes Gesicht.

Die Nacht, das Grauen – im leichten Licht verblasst.

Ich renne.

LES

David Wöstmann

(geboren 1998 im Münsterland)

beendete kürzlich sein Studium der Germanistik in Münster. Sucht nun seinen Platz in der Welt und auf dem Arbeitsmarkt, fand bisher aber nur diesen Wettbewerb. Ist dennoch voller Freude über seine erste Veröffentlichung zwischen zwei Buchdeckeln.

Sein Text: ***Amundsen***

Katharina Böckmann

(lebhaft in Bielefeld. Geboren 1994 in Wiedenbrück)

nutzt das Schreiben als Gedanken-Katalysator und Gefühls-Ventil. Es entstehen abstrakt-verzerrte Tagebucheinträge, sowie Sammelsurium-Collagen. Manchmal auch Songs. Eigentlich ist sie jedoch als Kulturvermittlerin und Theaterpädagogin unterwegs.

Ihr Text: ***nenneR***

Katharina Hopp

(geboren 2001 in Hanau; wohnhaft in Marburg)

ist leider schlecht in humoristischen Kurzbiographien, weswegen sie länger für diese Zeilen gebraucht hat, als für den hier abgedruckten Text. Sonst ist sie gut mit Worten, ob als Schriftstellerin oder als Psychologin.

Ihr Text: ***Gänseblume***

David Kienzler

studiert am Deutschen Literaturinstitut Leipzig und arbeitet als Journalist.

Sein Text: ***Rost, zwischendurch***

MAÎTRES

Felix Gaisbauer

(geboren 1993 in Passau)

aufgewachsen im Bayerischen Wald, dort schon von klein auf gezwungen, sich mit Natur und Umwelt zu arrangieren, versucht dies nun schriftlich zu bewältigen, wovon der vorliegende Text zeugt.

Sein Text: *Ein Mann findet seine Majestät*

Simon Bethge

(geboren 1996 in Hamburg, wohnhaft in Braunschweig)

schreibt, seit er denken kann; da er damit aber erst relativ spät angefangen hat, blickt er nur auf 10 Jahre kompetitiver und sogar oft preisgekrönter Textproduktion zurück. Er war Lektor, Moderator, Student, Packhilfe und ist mittlerweile u. a. freier Journalist.

Sein Text: *Einfälle zum Dessert* (1. Platz)

Dagmar Coelle

(geb. 2000 in Backnang; wohnhaft in Hamburg)

widmete sich in ihrem Grundstudium der grotesken Welt der Teilchenphysik und wird ab Oktober im Rahmen des Masterstudiums im Bereich Klimasystemwissenschaften wieder in erfahrbare Welt zurückkehren.

Ihr Text: *Sünde*

Şafak Sarıçiçek

(geboren 1992 in Istanbul; wohnhaft in Heidelberg)

ist notorischer Kinogänger, (Spät-)Schläfer, dichtet und prosaiert, wenn er will und macht Juristerei, wenn er muss.

Sein Text: *Automaticman*

Frieda von Meding

(geboren 1994 im Ruhrgebiet)

wollte früher nach Paris und bleibt heute lieber in Biel. Dort schreibt sie Lyrik-, Prosa- und Theatertexte.

Ihre Texte:

***Bis zum Meer* (3. Platz im Wettbewerb)**

Morgenroutine

Kleiner hamses nicht?

Lilly Bücker

(geboren 2000 in Westfalen; wohnhaft in Bielefeld)

ist eine regelaffine Studentin, die sich an Schreibprozessen, Kreativität und Entenbeobachtungen erfreut..

Ihr Text: *Ich halte mich an Regeln*

Lisa Franzbäcker

(geboren 1992 in Westfalen; wohnhaft in Bielefeld)

wundert sich über die groteske Verbindung von Literatur-Wissenschaft und studiert es trotzdem/deshalb. Versteht trotzdem nicht alle langnasigen Theorien. Lässt deshalb nicht ganz vom praktischen Leben als Grafikerin ab.

Ihr Text: *Die Nase von Roland Barthes*

Bianca Weißinger

(geb. 1999 in Ludwigsburg)

studiert Latein und Deutsch in Heidelberg, wo sie in der Nähe eines Obstladens voller grotesker Mandarinen ihr Studentendasein fristet.

Ihr Text: *Die Mandarine*

Hannah Brutschin

(geb. 2002 in Liestal; wohnhaft nahe Aarau, Schweiz)

wird von der Wirklichkeit langweilig, sie erforscht deshalb in ihren Texten die Ränder des Realen.

Ihr Text: *Groß, größer* (2. Platz)

Friedrich Kainer-Hager

(geboren 1999 in Graz)

Nach der Matura begann er nacheinander Studien der Geschichte, Musikwissenschaft, Musiktheorie, Wirtschafts- und Sozialwissenschaften sowie Germanistik in Graz und Wien, schloss diese aber nicht ab. Derzeit lebt Kainer-Hager als freier Schriftsteller im Piemont.

Sein Text: *Zauberspruch*

Fausto Bradke

(geb. 1999 in Heidelberg)

hat in Zürich Mathe studiert und später in Wien und Warschau. Veröffentlicht u.a. in Kolik, DasNarr, UNDheft. Er arbeitet und schreibt zur Zeit in Wien.

Sein Text: *Radovanka|ich*

Benedikt Steiner

(geb. 1990 in Basel)

dichtet als Dichter, bildet als bildender Künstler und performt als Performer in Wien und darüber hinaus.

Seine Texte: *Raunen* und *Hellraum*

Max Rauser

(geb. 1998 in Hamburg, lebt in Hannover)

studiert in Göttingen Komparatistik und hat 2024 den Gedichtband Pool in der edition offenes feld, Dortmund, veröffentlicht.

Sein Text: *JOI*

Ammiel Matteis

(geboren 2002)

studiert Philosophie und Germanistik in Freiburg, hat aber nicht vor, Taxifahrer zu werden, da er ein miserabler Autorfahrer ist. Verglichen mit seiner Liebe zu Gummibärchen ist seine Leidenschaft fürs Geschichtenschreiben unbedeutend.

Sein Text: *Ich habe den Tod gesehen*

Lena Wenzel

(geb. 1997 lebt in Augsburg)

hat Germanistik und Philosophie studiert. Sie mag alles, was magisch, kurios und ein wenig verdreht ist. Dies nimmt sie gerne zur Grundlage ihrer eigenen Geschichten. Das Schreiben und Tagträumen sind für sie Ausdruck und Ventil zugleich, ohne die es nicht geht.

Ihr Text: *Der Steg, das Wasser und der Schwan*

Jacqueline Weihe

(geboren 1991 in Norddeutschland, wohnhaft zwischen den Stühlen)

ist auch Lyrikerin, in erster Linie aber Künstlerin zwischen allen Gattungen, mit allen Formen, in allen Bereichen. Denn: Dazwischen ist der Boden, auf dem sie sich am liebsten bewegt. Da bisher ohne Lottogewinn, muss sie auch in Museen ausstellen, an Hochschulen lehren, in Theatern performen oder im öffentlichen Raum an der Schreibmaschine sitzen.

Ihr Text: *imago oder – und – die entropie*

Sebastian Schwarz

(2000 geboren, lebt in Wien)

Er arbeitet als Kamera- und am Tonassistent im Film und studiert Rechtswissenschaften an der Universität Wien. Mit der Novelle "Schwarzes Album" hatte er sein Debüt. Davon ist er allerdings noch nicht reich geworden, was aber nicht so schlimm ist, da er sich jede Menge Steuerberaterkosten erspart.

Sein Text: *Höhenstraße*

Muriel Allan

(geb. 2000 in Frauenfeld; wohnhaft in Biel)

studiert am Schweizerischen Literaturinstitut in Biel literarisches Schreiben. Dies ist ihre erste Publikation in Buchform.

Ihr Text: *Rot + Grün*